「ぐふっ⁉」

「むにゅっ⁉」

変な声を上げたなにかが、
僕のお腹の上からソファーへと横に転がる。

「とうさま！」

僕の顔を見るなり、
その子はそう叫んで抱きついてきた。

あー……やっぱり？

異世界はスマートフォンとともに。24

ブリュンヒルドに

サーカスがやってきた！

母親譲りの金髪に対して、少年の瞳は父親譲りの黒目である。
しかし今現在、その右目は金色に変化していた。
金ではあるが、少し緑がかった金色だ。
『クウーン……』
「よしよし。いい子だねー。
悪いけど、ちょっと
乗せてもらえるかな？
人のいるところへ行きたいんだ」

異世界はスマートフォンとともに。24

冬原パトラ　illustration■兎塚エイジ

キャラクター紹介

望月《もちづき》冬夜《とうや》

神様のミスで異世界へ行くことになった高校一年生（登場時）。基本的にはあまり騒がず、流れに身を任すタイプ。無意識に空気を読まず、さらりとひどい事をする。無尽蔵の魔力、全属性持ち、無属性魔法を使い放題と、神様効果でいろいろ規格外。ブリュンヒルド公国国王。

ユミナ・エルネア・ベルファスト

ベルファスト王国王女。12歳（登場時）。右が碧、左が翠のオッドアイ。人の本質を見抜く魔眼持ち。風、土、闇の三属性を持つ。弓矢が得意。冬夜に一目惚れし、強引に押しかけてきた。冬夜のお嫁さん。

エルゼ・シルエスカ

冬夜が助けた双子姉妹の姉。両手にガントレットを装備し、拳で戦う武闘士。ストレートな性格でサバサバしている。身体強化の無属性魔法【ブースト】が使える。辛いもの好き。冬夜のお嫁さん。

リンゼ・シルエスカ

双子姉妹の妹。火、水、光の三属性持ちの魔法使い。光属性はあまり得意ではない。どちらかというと人見知りで、おしゃべりが苦手。しかし時には大胆。甘いもの好き。冬夜のお嫁さん。

九重《ここのえ》八重《やえ》

日本に似た遠い東の国、イーシェンから来た侍娘。ござる言葉を使い、人一倍よく食べる。真面目な性格なのだが、どこかズレているところも。実家は剣術道場で流派は九重真鳴流〈ここのえしんめいりゅう〉という。隠れ巨乳。冬夜のお嫁さん。

ルーシア・レア・レグルス

愛称はルー。レグルス帝国第三皇女。ユミナと同じ年齢。帝国反乱事件の時に冬夜に助けられて一目惚れする。双剣の使い手。ユミナと仲が良い。料理の才能がある。冬夜のお嫁さん。

スゥシィ・エルネア・オルトリンデ

愛称はスゥ。10歳（登場時）。刺客に襲われているところを冬夜たちに助けられる。ベルファスト国王の姪。ユミナの従姉妹〈いとこ〉。天真爛漫で好奇心が旺盛。冬夜のお嫁さん。

ヒルデガルド・ミナス・レスティア

愛称はヒルダ。レスティア騎士王国の第一王女。剣技に長け、「姫騎士」と呼ばれる。フレイズに襲われていたところを冬夜に助けられ、一目惚れする。テンパるとかなりどもるくせがある。八重と仲が良い。冬夜のお嫁さん。

リーン

元・妖精族の長。現在はブリュンヒルドの宮廷魔術師（暫定）。見た目は幼いが長い年月を生きている。自称612歳。魔法の天才。人をからかうのが好き。闇属性魔法以外の六属性持ち。冬夜のお嫁さん。

桜《さくら》

冬夜がイーシェンで拾った少女。記憶を失っていたが取り戻した。本名はファルネーゼ・フォルネウス。魔王国ゼノアスの魔王の娘。頭に自由に出せる角が生えている。あまり感情を出さないが、歌が上手く、音楽が大好き。冬夜のお嫁さん。

ポーラ

リーンが【プログラム】で作り上げた、生きているかのように動くクマのぬいぐるみ。200年もの間改良を重ね、動き続けている。その動きはかなりの演技派俳優並。ポーラ……恐ろしい子！

冬夜の召喚獣・その一。白帝と呼ばれる西方と大道の守護者にして獣の王。神獣。普段は虎の子供のサイズで目立たないようにしている。

冬夜の召喚獣・その二。二匹でワンセット。玄帝と呼ばれる神獣。鱗の王。水を操ることができる。珊瑚が亀、黒曜が蛇。

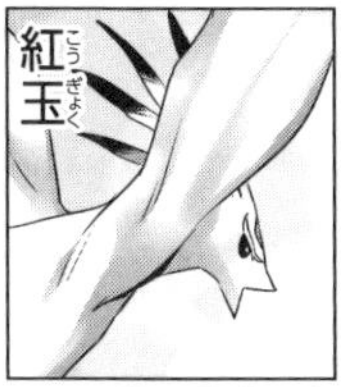

冬夜の召喚獣・その三。炎帝と呼ばれる神獣。鳥の王。落ち着いた性格だが、その外見は派手。炎を操る。

冬夜の召喚獣・その四。蒼帝と呼ばれる神獣。青き竜の王。皮肉屋で琥珀と仲が悪い。全ての竜を従える。

正体は恋愛神。冬夜の姉を名乗る。天界から逃げた従属神を捕獲するという大義名分の名のもとに、ブリュンヒルドに居座った。語尾に「〜なのよ」とつく。けっこうぐうたら。

正体は剣神。冬夜の二番目の姉を名乗る。ブリュンヒルド騎士団の剣術顧問に就任。凛々しい性格だが少々天然。剣を持たせたら敵うもの無し。

バビロンの遺産、『庭園』の管理人。愛称はシェスカ。メイド服を着用。機体ナンバー23。口を開けばエロジョーク。

バビロンの遺産、『工房』の管理人。愛称はロゼッタ。作業着を着用。機体ナンバー27。バビロン開発請負人。

バビロンの遺産、『錬金棟』の管理人。愛称はフローラ。ナース服を着用。機体ナンバー21。爆乳ナース。

バビロンの遺産、『格納庫』の管理人。愛称はモニカ。迷彩服を着用。機体ナンバー28。口の悪いちびっ子。

バビロンの遺産、『城壁』の管理人。愛称はリオラ。ブレザーを着用。機体ナンバー20。バビロンナンバーズで一番年上。バビロン博士の夜の相手も務めていた。男性は未経験。

バビロンの遺産、『塔』の管理人。愛称はノエル。ジャージを着用。機体ナンバー25。とにかく寝てる。食べては寝る。基本的にものぐさで面倒くさがり。

バビロンの遺産、『図書館』の管理人。愛称はファム。セーラー服を着用。機体ナンバー24。活字中毒者。読書の邪魔をされるのを嫌う。

バビロンの遺産、『蔵』の管理人。愛称はパルシェ。巫女装束を着用。機体ナンバー26。ドジっ娘。しかもその自覚がない。うっかり系のミスが多い。よく転ぶ。

バビロンの遺産、『研究所』の管理人。愛称はティカ。白衣を着用。機体ナンバー22。バビロン博士及び、ナンバーズのメンテナンスを担当。激しく幼女趣味。

古代の天才博士にして変態。空中要塞『バビロン』や様々なアーティファクトを生み出した。全属性持ち。機体ナンバー29の身体に脳移植をして、五千年の時を経て甦った。

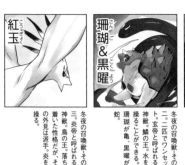

異世界はスマートフォンとともに。
世界地図

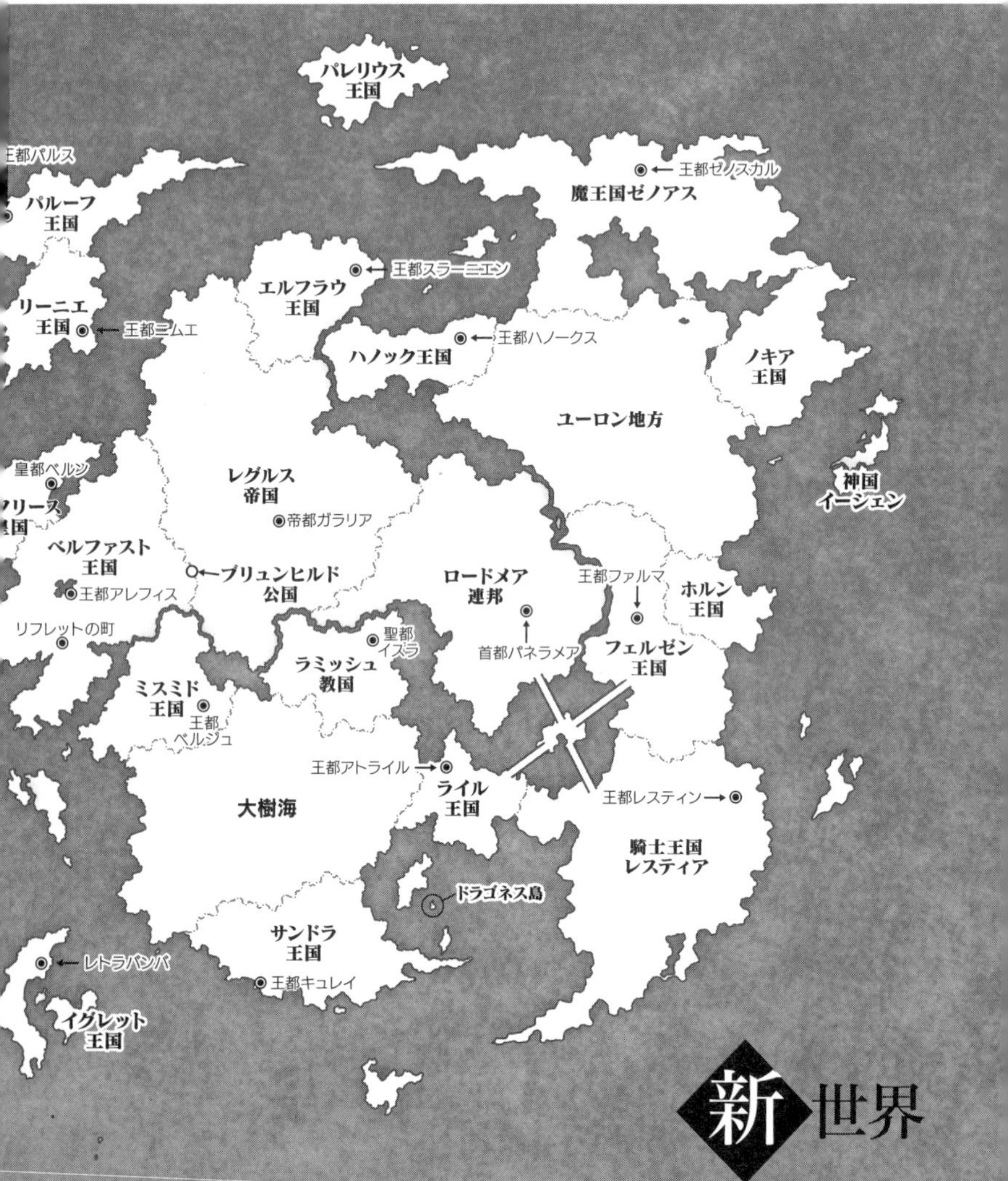

パレリウス王国
王都パルス
パルーフ王国
王都ゼノスカル
魔王国ゼノアス
王都スラーニエン
エルフラウ王国
リーニエ王国
王都ニムエ
王都ハノークス
ハノック王国
ノキア王国
ユーロン地方
神国イーシェン
皇都ベルン
レグルス帝国
帝都ガラリア
ベルファスト王国
ブリュンヒルド公国
王都アレフィス
ロードメア連邦
王都ファルマ
ホルン王国
リフレットの町
聖都イスラ
首都パネラメア
フェルゼン王国
ラミッシュ教国
ミスミド王国
王都ベルジュ
王都アトライル
ライル王国
王都レスティン
大樹海
騎士王国レスティア
ドラゴネス島
サンドラ王国
レトラバンバ
王都キュレイ
イグレット王国
新世界

前巻までのあらすじ。

神様特製のスマートフォンを持ち、異世界へとやってきた少年・望月冬夜。二つの世界を巻き込み、繰り広げられた邪神との戦いは終りを告げた。彼はその功績を世界神に認められ、一つとなった両世界の管理者として生きることになった。一見平和が訪れた世界。だが、騒動の種は尽きることなく、世界の管理者となった彼をさらに巻き込んでいく……。

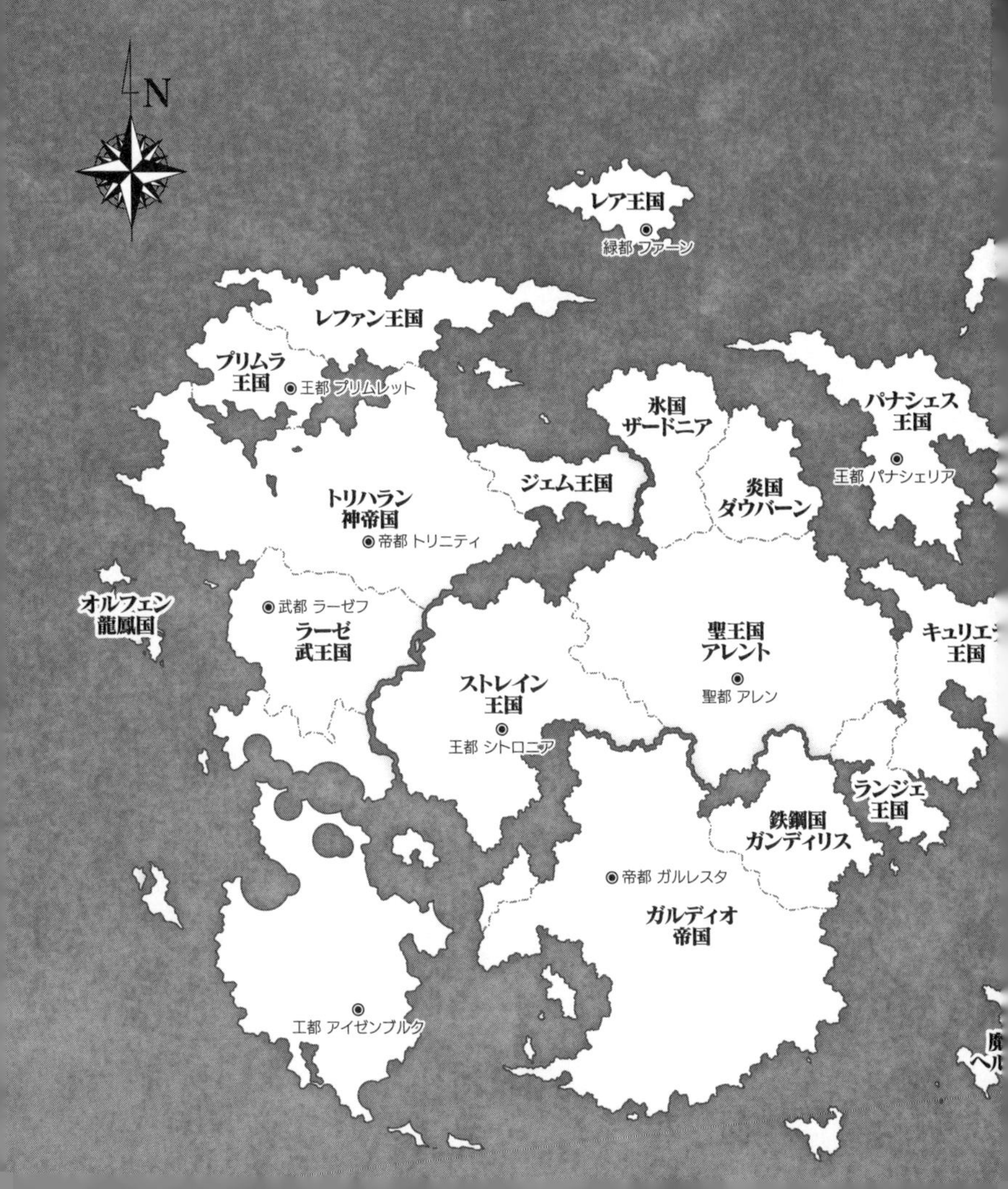

口絵・本文イラスト　兎塚エイジ
メカデザイン・イラスト　小笠原智史

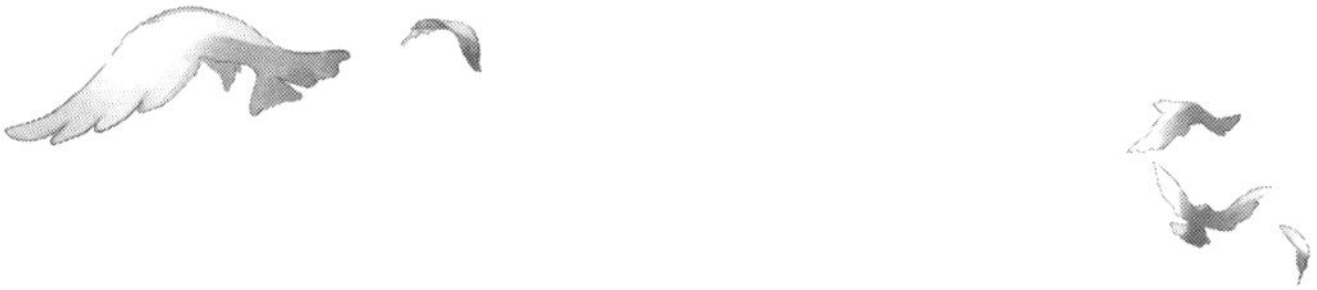

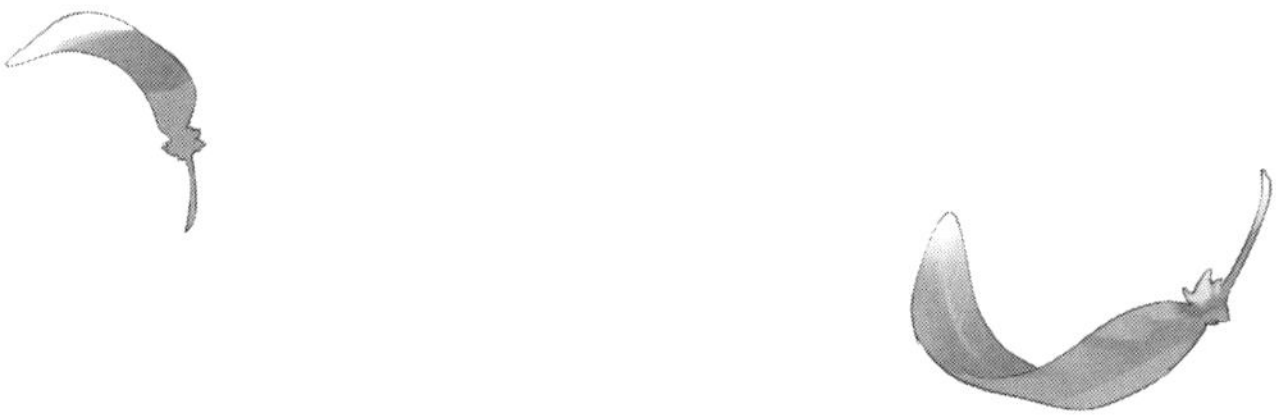

第一章　邪神の使徒

「そう言えばアーシアの無属性魔法《まほう》ってなんなの？」

アーシアが来た次の日、市場へ連れて行ってくれとせがまれた僕《ぼく》は、朝市を一緒《いっしょ》に歩きながら、ふと思い出した疑問を本人に聞いてみた。

「私《わたくし》ですか？　私《わたくし》のは【サーチ】と【アポーツ】ですわ。効果範囲《はんい》が短いので戦闘《せんとう》には向きませんけど、食材探しには重宝してます」

「ああ、そういう使い方か……」

確かに山なんかで食べられるものを探すのに【サーチ】は便利だし、【アポーツ】を使えば木に登らなくても果物などを収穫《しゅうかく》できる。使えると言えば使えるけど……。

「毒のある食材もわかりますしね。傷《いた》んでいるものも区別できます」

ううむ。僕も毒を【サーチ】で見つけたことがあるけどさ。そう言われると、料理人にとって便利な魔法のような気がしてきた。

「あっ、お父様、林檎《りんご》がありますわ！　アップルパイを作りますので買って帰りましょう！」

「アーシアはお菓子《かし》も作るのか」

「どっちかというと、そちらの方が得意ですわ。あまりお父様はお菓子を召《め》し上がりませんけど、姉妹弟《きょうだい》みんなには評判がいいので」

別にお菓子が嫌《きら》いってわけじゃないけどね。そんなに何個も食べられないってだけで。ケーキとか二つも食べたらもう限界だし。量とかの問題じゃなくて、舌がギブアップするっていうか。女の人はなんであんなに食べられるんだろ……。

八重《やえ》なんかホールケーキをペロリといっちゃうしな。いや、それは八重だからかもしれんが。

アーシアが林檎を睨《にら》みつけるように選別している。僕も子供たちになんか買って帰った方がいいのかな……。

そんなことを考えながら市場の商品を物色していると、辺りにいる人たちがなにかざわざわと騒《さわ》ぎ始めた。なんだ？

「なんだあれ？　変なのが飛んでるぞ？」

「わからん。また陛下の新しい魔道具《まどうぐ》じゃないか？」

市場の人たちの声に空へと目を向けると、確かに何か豆粒《まめつぶ》のようなものが空に浮《う》いている。ゆっくりだけど動いているな。

「【ロングセンス】」

視覚を飛ばし、謎《なぞ》の飛行物体を確認《かくにん》する。あれは……飛行船か？

ラグビーボールのような気嚢《きのう》の下に、プロペラのついた大きな翼《つばさ》と薄鈍《うすにび》色に光る船体が見える。船体には長い腕《うで》のようなパーツが付いていた。

ありゃ魔道具《アーティファクト》の類《たぐい》じゃないな。西方大陸（元・裏世界）のやつか。ゴレム馬車ならぬゴレム飛行船かな。

何しに来たんだろうか。連絡《れんらく》もなく勝手に来られても困るなあ。こっちには領空侵犯《しんぱん》なんてものがないからさ。

向こうの大陸ではゴレム飛行船というものは滅多《めった》に発掘《はっくつ》されることはないらしく、大抵《たいてい》は国が所持するか大金持ちが持っている、かなり希少なものだと聞く。つまりこれも国、あるいは大貴族などが持つ機体の可能性が高い。

飛行距離《きょり》はそれほどでもないと聞いたが、どこからきたのやら。

とはいえ見ているわけにもいかない。まさかとは思うが、うちに攻撃《こうげき》を仕掛《しか》けようって可能性もゼロじゃないわけだしな。

「アーシア、おいで」

林檎を選んでいたアーシアの手を取って、北の大訓練場へと一緒に【テレポート】で転移する。

【ストレージ】からレギンレイヴを呼び出して、僕らはコックピットへと乗り込んだ。

レギンレイヴは基本的に一人乗りであるが、アーシアくらいの子供ならなんとか乗れるくらいのスペースはある。まあ、一人残していくのもアレだしさ。だけどなんで膝《ひざ》の上に乗る？　モニターが見えにくいんですけど。

レギンレイヴを起動させ、空中へと飛び上がる。あっという間に飛行船の正面まで辿《たど》り着き、機体を浮遊《ふゆう》静止させ、無属性魔法【スピーカー】を展開させた。

『前方の飛行船に告ぐ。これより先はブリュンヒルド公国の領空域である。直《ただ》ちに下船し、入国の理由を述べよ。十分待つ。返答なき場合、強制的に領空外へと転移させる』

とりあえず警告はする。これにより敵対行為《こうい》を取るか、はたまた進路を変えるか。まあ、他の国に行かれても迷惑《めいわく》だけどな。そこらへんの取り決めはしてなかったなぁ。今度の世界会議で提案してみるか。

とはいえあの気嚢あたりに地上から【ファイアボール】をぶちかましたら、一発で落ちそうだけど。それともなにかバリア的なものがあるのだろうか。

「お父様、船が降下していきますわ」

「お、話が通じたか」

飛行船が降下するのに合わせて、僕の方もレギンレイヴを下降させる。

船体下部から細長い足のような降着装置《スキッド》が出てきて、静かに飛行船は丘《おか》の上に着地した。

こっちもレギンレイヴを着地させ、アーシアをコックピットに残して、僕だけ地上へと降りる。

飛行船のハッチが開き、中から何人もの人間が降りてきた。おや、ドワーフらしき者も何人かいるな。飛行船のメカニックマンか？

ん？　んん？　なんか……こっちに向けて熊みたいなヒゲのおっさんが全力で走ってくる。目をキラキラさせて、よくわからん絶叫《ぜっきょう》を上げている。ちょっ、怖《こわ》い怖い！

「【シールド】っ！」

「ガフッ!?」

不可視の壁《かべ》に追突《ついとつ》し、後方へと倒《たお》れるおっさん。髭《ひげ》だらけの顔が鼻血に染まっていた。

おいおい、どんだけの勢いで突っ込んできたんだよ。

「このバカ！　いきなり飛び出すんじゃないよ！　あちらさんが驚《おどろ》くだろ！」

追いかけるようにやってきた、三十路《みそじ》過ぎではあるが美人の女性が倒れた熊のおっさんを蹴《け》っ飛ばした。うおう。

「すまないね、驚いたろ。そのゴレムに興奮したこのバカが暴走しちまったのさ」

「あ、ああ……そうですか……」

ゴレムってのはレギンレイヴのことか。にかっと笑いながらも、足下《あしもと》のおっさんを蹴る女性。うあ。

茶色《ちゃ》の髪《かみ》をアップにまとめ、グレーのツナギをラフに着こなしている。腰《こし》にはタオル、手には革手袋《かわてぶくろ》と、身なりは技術者のそれだ。

よく見るとヒゲのおっさんも同じような格好をしている。二人ともゴレム技師だろうか。

「しかし噂《うわさ》通り凄《すご》いゴレムだね。はるばるガンディリスから来た甲斐《かい》があるってもんだ」

「ガンディリス？　あなたたちはガンディリスからの使者ってことですか？」

鉄鋼国ガンディリスは聖王国アレントの南、ガルディオ帝国《ていこく》の東に位置する山々に囲まれた鉱山国だ。

豊富な地下資源を持つこの王国は、ゴレム製作に必要な鉱石を多く輸出していると聞く。

「うんにゃ。アタシらはガンディリスから来ただけで国とは関係ないよ。アタシらは『探索技師団《シーカーズ》』って技術屋集団さ」

『探索技師団《シーカーズ》』……？　はてな、どっかで聞いたような……。

ああ！　エルカ技師や、魔工王《まこうおう》のクソジジイと同じ、五大ゴレム技師マイスターの……！

「アタシらは技術屋集団《ギルド》だからね。その肩書《かたが》きは誰《だれ》のもんでもなく、集団の肩書きだよ。一応そこのバカがギルマスのマリオ・ファランクス。アタシ、リップル・ファランクスの旦那《だんな》さ」

「え、ご夫婦《ふうふ》ですか⁉」

さんざん蹴られてましたけど⁉　壮絶《そうぜつ》なカカア天下でしょうか。ちょっとだけヒゲのおっさんが可哀想《かわいそう》に思えてきた。

しかしヒゲのおっさんでマリオって。ある意味ピッタリな名前な気もするが。

「あ。というと、ひょっとしてパルレルさんのご両親で？」

僕がそう言うとリップルさんは驚いたように目を見開いた。

「娘《むすめ》を知ってるのかい？」

「ええ、まあ。一度ガンディリスの王女様と一緒に会ったことがあります」

リーフリースで行われたお見合いパーティー。そこで起こった擬人《ぎじん》型ゴレムの入れ替《か》え騒動《そうどう》。その黒幕がガンディリスの第二王女、コーデリア付きであったメイドのパルレルさんだ。

ってことはあの擬人型ゴレムはこの二人が造ったのか。いや、正確には掘《ほ》り出して再生《レストア》したってことだけど。

「ところでアンタは……」

「ああ、申《もう》し遅《おく》れました。僕は望月冬夜《もちづきとうや》。ここ、ブリュンヒルド公国の国王をしています」

「え⁉　アンタが王様かい⁉」

名乗りを上げると目を見開いて驚かれた。もう見慣れた光景なのでこちらは驚かない。いつになったら貫禄《かんろく》とやらがつくのやら。髭でも伸《の》ばすかね？

「……え、えーっと、この度《たび》はウチの主人が公王陛下に対し、失礼をば……」

「ああ、普通《ふつう》に話していいですよ。元々冒険者《ぼうけんしゃ》上がりなので気にしません」

「そうかい。そりゃ助かる。ウチの連中には上品さってものがないからね。だからパルレルを姫《ひめ》さんトコに預けたんだけどさ」

ホッとした様子でリップルさんが答える。これぐらいで旦那さんを逮捕《たいほ》したりはしませんて。

「で、どうしてブリュンヒルドへ？」

「ああ。このでかいゴレムを見たかったのが理由のひとつ。あとはエルカの嬢《じょう》ちゃんがこの国にいるって聞いてね。会えるかい？」

エルカ技師を？　同じ五大マイスターの一人、『再生女王《レストアクイーン》』と呼ばれる彼女《かのじょ》だ。この二人と知り合いだとしてもおかしくはないが、何の用だろう？

「っと、その前に。後ろのウズウズしている奴《やつ》らを呼んでもいいかい？　近くでそいつを見たいんだよ」

リップルさんが後ろ指で指し示す先に、さっき突っ込んできたマリオのおっさんと同じキラキラとした目をした奴らが待ち構えていた。ぬおっ、暑苦しい！

「ま、まあ……見るだけなら」

「お許しが出たよ。来な！」

『ウオオオオォォォォ────────ッス！』

ドドドドド！　と、地響《じひび》き立てて男たちが一気にレギンレイヴに群がる。

「なんだこの素材は!?　ミスリルでもオリハルコンでもない！」

「おい！　これ、ただの装甲《そうこう》じゃないぞ！　びっしりと魔術《まじゅつ》刻印が……！」

「この重量をどうやってこんな細っこい足で支えているんだ……！」

おっさんたちがレギンレイヴの足下に縋《すが》り付き、あれこれとルーペのようなもので調べている。技術畑の人間ってみんなこんなんなのだろうか。

「ひい!?　お父様！　怖いですわ！」

「あ、いけね」

コックピットに残されたアーシアが群がってくる男たちに恐怖《きょうふ》を感じたみたいだ。単純に強さなら、あの子も金銀クラスの冒険者なわけだし、負けるわけがないのだが。

まあ、そういったものとは違《ちが》う、鬼気迫《ききせま》る雰囲気《ふんいき》に呑《の》まれたのだろう。

【フライ】を使ってアーシアを抱《だ》き下ろすと、おっさんたちがレギンレイヴに登ろうとする。おいこら、見るだけだって言ったろ。

すかさずレギンレイヴを【ストレージ】にしまい、代わりと言っちゃなんだが、重騎士《シュバリエ》を呼び出した。レギンレイヴを壊《こわ》されちゃたまらんからな。

「また別の機体もあるのか!?」

今度は重騎士《シュバリエ》に群がっていくおっさんズ。いつの間にか鼻血を出してぶっ倒れてたマリオのおっさんも起き上がり、重騎士《シュバリエ》にしがみついていた。

「さっきとは別の機体かい。いったい何機持ってるんだい？」

「さあ？　千機は超《こ》えてないはずですけど」

「せっ……!?」

リップルさんが固まっている。邪神を退治してからフレームギアの量産はストップさせたので、それくらいかと思う。

活躍《かつやく》の場が、よく出現するようになった巨獣《きょじゅう》退治や災害救助がメインになったからな。

災害救助の機体なら、西方と東方の技術者が手を組めば、あのフレームギアの粗悪品《そあくひん》と呼ばれた鉄機兵よりも優《すぐ》れた機体ができると思うんだが。

この人たちなら、それよりもなんか変わったものを造りそうだけど。

ま、考えていても仕方がない。とりあえずエルカ技師を呼ぶか。

◇　◇　◇

「なんだい、これは？」

「いや、なんだと言われてもな……」

エルカ技師とともにバビロンから降《お》りてきた博士が、重騎士《シュバリエ》に群がるおっさんどもを見ながら呟《つぶや》いた。

「珍《めずら》しい魔工機械を見て興奮してるのよ。子供と同じ。ほっといていいわ」

「迷惑なら黙《だま》らせるかい？」

エルカ技師の言葉にリップルさんが、手にしたレンチでトントンと肩《かた》を叩《たた》く。まって、黙らせるって物理的に⁉　さすがにそこまではしなくてもいいけどさ。

「ふわあああ……！　こ、これはかなり珍しいタイプのゴレム飛行船……！　素材はミスリル？　いえ、一部にハイミスリルも使っている？　これって横からの衝撃《しょうげき》を……」

僕は重騎士《シュバリエ》に群がるおっさんと同じような目で、『探索技師団《シーカーズ》』の乗ってきたゴレム飛行船に縋り付く少女を残念な目で眺《なが》める。

うん、ウチの娘《クーン》ですけどね。『探索技師団《シーカーズ》』の話をしたら博士たちと一緒に降りてきたのだ。

「相変わらずですわね、クーンお姉様……」

アーシアがなんとも呆《あき》れたような目で姉を見ていた。おい、クーン。姉の威厳《いげん》が失われているぞ。

そんな僕らをよそに、エルカ技師がリップルさんに話しかける。

「で？　わざわざブリュンヒルドまでやってきた理由は？　まさか、本当に私の顔を見にきたってわけじゃないんでしょう？」

「おや、見にきたらいけなかったかい？　まあ、確かにそれだけじゃないけどさ。ちょいとあんたに見てもらいたいものがあってね」

リップルさんはツナギの胸ポケットから数枚の紙を取り出した。写真、か？

「これは……」

「最近ガンディリスで発見された新たな遺跡《いせき》にあったんだけどね。それが何かわかるかい？」

「船……に見えるけど……。こんな巨大《きょだい》な？」

少し気になったので、エルカ技師の背後から写真を覗《のぞ》く。そこには地下と思《おぼ》しき船渠《ドック》に、かなり大きな船と見られるものが鎮座《ちんざ》していた。立っている小さな人と比較《ひかく》すると、バビロンの半分くらいあるだろうか。

船……というか、どことなく宇宙船のようにも見えるな。

「古代文明の船……！　っ！　待って、この紋章《もんしょう》は……！」

エルカ技師が一枚の写真に手を止める。どうやら船体の一部らしいが、そこに描《えが》かれていた紋章……というかそのマークに僕も見覚えがあった。

「【王冠《クラウン》】……！　まさか、これって……！」

「ああ、そうさ。おそらくその船を造ったのは、古代の天才ゴレム技師、クロム・ランシエス。【王冠《クラウン》】シリーズの生みの親だよ」

クロム・ランシェス。【王冠】シリーズを造り出した天才ゴレム技師であり、【黒】と【白】の王冠を使い、かつて裏世界から表世界へと世界の結界を超えた男。

また、彼《かれ》が意図したことではないが、五千年前、フレイズによる大侵攻を防いだ立役者とも言える。しかしその時の【白】の暴走により、記《き》憶《おく》を全て失ってしまったらしいが……。

「まさか、この船自体が【王冠】なんじゃないでしょうね⁉」

「さあね。なんとも言えない。なにせ船内には全く入ることができなかったんだからね。それで同じ【王冠】なら何か知ってるんじゃないかと思ってさ。ここに【黒】と【白】、ついでに【赤】もいるんだろう？」

なるほど、リップルさんたちは【王冠】たちに会いに来たのか。っていうか、実はもう一体、【紫《むらさき》】もここにいるんですけれども。あ、でもあいつは言語機能に問題があるか。

「【青】と【緑】は王家のモンだからねえ。痛くもない腹を探《さぐ》られるのもちょいと面《めん》倒《どう》だし」

「あのう、【白】も一応、王家《うち》のもんなんですけど……」

【白】の王冠、『イルミナティ・アルブス』は、『仮』ではあるが、ユミナが契約者《マスター》である。つまり、ブリュンヒルド王家のものでもあるわけで。

「こっちはまだ契約《けいやく》して一年も経《た》ってないんだろ？【青】と【緑】は数百年単位で王家にどっぷりだからねえ。王冠に会うだけでも一苦労だし、大きな国に知られると面倒なんだよ。うちにも一枚噛《か》ませろ、ってね」

まあ、言わんとしてることはわかる。確かにこの船はゴレム技師たちにとっては大発見なんだろうし、それに使われている技術を自分の国に取り込みたいと、どこの国も考えるだろうからな。

その点うちはあまり興味はない。関わる気もない。『格納庫』の中に似たようなものもあるしな。

アルブスから話を聞きたいだけなら別に……。

と、そこまで考えて、ぐいっと僕の袖《そで》を引く人物がいることに気付く。

「お父様、お父様！　古代ゴレム文明の遺産ですわ！　しかも王冠《クラウン》シリーズの！　こ、これは大発見です！」

あ〜……。君がいたか。

いつの間にこっちに来てたのか、クーンがキラキラした目で写真を覗き込んでいた。

「面白《おもしろ》そうだね。ボクも少し興味がある」

と、博士までそんなことを言い出した。

くう。こうなってくると関わらないのは不可避《ふかひ》だな。

仕方ない。とりあえずユミナとアルブスを呼んでくるか。

◇　◇　◇

『船……？　クロム・ランシェスガ造リシ物……？　「方舟《アーク》」ノ可能性大』

「『方舟《アーク》』？」

ユミナが連れてきた『白』の王冠、イルミナティ・アルブスはそう答えた。

『「方舟《アーク》」。クロムガ造リシ移動型工場《ファクトリー》。我モ他ノ「王冠」モ、ソコデ造ラレタ』

「造られた……？　つまり『王冠』の製造工場ってことか？」

僕らの『バビロン』で言う『工房《こうぼう》』ってとこか。アルブスの話によると、クロム・ランシェスってのはかなりの変わり者でどこの国にも所属せず、好き勝手に旅をしていたらしい。その足となったのが『方舟《アーク》』こと移動工場船だったとか。

ウチの博士もそうだが、変わり者の魔工学者ってのは同じ傾向《けいこう》にあるのかね？

「まさか『方舟《アーク》』も九つあるとか言わないよな……？」

『？　自分ノ知ル限リ、一隻《せき》ノハズ』

そりゃよかった。まあ、当たり前か。

話を聞いていた『探索技師団《シーカーズ》』のリップルさんがアルブスに話しかける。

「その『方舟《アーク》』に入る方法をアンタは知ってるかい？」

『「王冠」ガ鍵《かぎ》トナル。我ラガイレバ問題ナシ』

なるほど。『王冠』そのものが船に乗るための鍵となっているわけか。それじゃ誰も入れないわけだ。

「王様よ。悪りぃんだけど、この『白』を貸しちゃくれねぇか。船に入るにはどうしても王冠の力がいる」

「って言われてもねえ……」

探索技師団《シーカーズ》の団長、マリオのおっさんに頼《たの》み込まれたが、はいそうですかと貸せるもんでもない。

「お父様、お父様！　ここは私がアルブスとともにブリュンヒルドの代表として『方舟《アーク》』へ赴《おもむ》くというのは……！」

「却下《きやっか》よ。あなたは珍しい魔導船が見たいだけでしょう？　おとなしくしてなさい」

「お母様、いけず！」

僕に耳打ちしてきたクーンをリーンが引き離《はな》す。ま、そんなことだろうとは思っていたけど。

正直、『方舟《アーク》』とやらに興味はある。『王冠』シリーズを造りあげた稀代《きたい》のゴレム技師が遺《のこ》した遺産だ。歴史的、技術的に価値のあるものなのだろう。

しかしそれ以上に、『方舟《アーク》』がどんな力を有しているかわからない。なにせ世界の壁を越《こ》えた技術者の居城だ。放置しておくのは得策とはいえない。一度は確認しておく必要がある。

「クロム・ランシェスの工房……！　見たい！　『王冠』の秘密が解き明かされるかもしれないわ！」

「ボクも気になるね。まだ見ぬ技術が埋《う》もれているのに、行かない手はないよね、冬夜君？」

エルカ技師とバビロン博士は行く気満々だ。ほら！　ほら！　とその横でクーンが握《にぎ》りこぶしを振《ふ》り上げている。……行かない、とは言えない雰囲気だ。

まあガンディリスには一度は行ってみたいと思っていたし、渡《わた》りに船か？　あそこの王女様……第二王女、コーデリア姫の話だと、ガンディリスの国王は大らかで温厚《おんこう》な人物みたいだし。

「わかった。アルブスを連れてその遺跡に行こう。ユミナ、いいかな？」

「ええ。大丈夫《だいじょうぶ》です」

アルブスはブリュンヒルドに所属しているけれども、その契約者《マスター》はユミナである。ま、

(仮)と付くのだが。一応許可はもらわないとさ。

「はい！　お父様、私も行きます！　行きますったら行きます！」

「ズルいですわ、クーンお姉様！　お父様、私《わたくし》も行きます！」

「君らね……」

競《きそ》うように手を挙げるクーンとアーシアに頭が痛む。遊びに行くわけじゃないんだけどなあ。

◇　◇　◇

「うおおおおぉぉぉぉぉ⁉　速い！　速いぞおっ⁉」

窓から見える景色を眺めながらマリオのおっさんが子供のようにはしゃいでいる。否、はしゃいでいるのはマリオのおっさんだけじゃない。『探索技師団《シーカーズ》』のおっさんみんなだ。

ここはバビロン博士が造った大型高速飛行船『バルムンク』の中。

ガンディリスへ行くにあたって、『探索技師団《シーカーズ》』の飛行船では着くのに何週間もかかってしまうとわかった。

行ったことのないガンディリスには僕は【ゲート】を開けない。そこでバビロンの『格納庫』にあったこいつの出番となったわけだ。

元々はフレームギアを輸送するために五千年前に造られた飛行船である。僕が【ゲート】を使えるため、今まで日の目を見ることがなかったが、こういう大人数での移動には役に立つ。

ちなみに『探索技師団《シーカーズ》』の飛行船は僕の【ストレージ】の中。

搭乗者《とうじょうしゃ》は『探索技師団《シーカーズ》』の面々の他、僕、ユミナ、リーン、クーン、ルー、アーシア、バビロン博士、エルカ技師。お供にポーラとアルブス、そしてエルカ技師のところのフェンリルである。

「しっかし、驚いたね……。まさかこんな飛行船があるなんてさ。こっちの大陸じゃこれが普通なのかい？」

「まさか。ブリュンヒルドだけよ。あの国はいろいろとおかしいから、一緒にしちゃ駄目《だめ》。常識が壊れるわ」

なにやらリップルさんとエルカ技師が失礼な会話をしているが、訂正《ていせい》してくれ。おかしいのは博士だけだから。

そうユミナに漏《も》らしたら、『冬夜さんはもっと客観的に物を見た方がいいです』と言われた。どういうこと？

「このペースだとあと一時間ほどでガンディリスに着くね」

博士がスマホの時計を見ながらそう言った。『バルムンク』は自動操縦になっているため、僕らは寝《ね》ていても勝手に目的地に着く。

本音を言えば僕が【フライ】で目的地へ飛んで行き、そこから【ゲート】をつないだ方が早いと思う。一応提案はしてみたんだが、『バルムンク』に乗りたがる連中に押《お》し切られた。もちろんクーンも含《ふく》めて。

まあ、そんなに何日とかものすごい差があるわけでもないし、僕が折れてのんびりといくことにしたわけだ。

道中、博士とエルカ技師はマリオのおっさんやリップルさんとなにやら難しい話をし続け、クーンはそれを興味深そうに聞いていた。

アルブスもフェンリルとボソボソ話していたが、こちらは話が弾《はず》んでいるという感じではない。なにか確認しているという感じだ。ポーラはその周りをうろちょろしてた。

ルーとアーシアはさっきからバルムンク内にあるキッチンで作った料理を争うように僕のところへ持ってくる。いや、こんな量食べ切れないから！　二人には申し訳ないけど、

『探索技師団《シーカーズ》』のおっさんらに分けてやった。不満そうに口を尖《とが》らせる母娘《おやこ》がそっくりで笑ってしまったが。

「そろそろかな」

「うむ。あれはピスト山脈だな。もうすでにガンディリスの領域内だ」

博士のつぶやいた言葉に窓から見える山を確認したマリオのおっさんがそう告げる。なんだかんだであっという間だったな。

僕らは艦橋《ブリッジ》の方へ向かい、正面から下界を見下ろす。

たくさんの山々が連なるその景色はまさに山岳《さんがく》国家とも言うべき姿だった。

ところどころに盆地《ぼんち》があり、そこに町が広がっている。その町をつなぐように細い山道がいくつも伸びていた。

「あれってトンネルか？」

「あれは大昔、ドワーフたちが掘った道だよ。掘削《くっさく》用のゴレムで掘ったやつもあるけどね」

リップルさんが僕の疑問に答えてくれる。ドワーフか。主に鉱山で暮らす彼らならそれくらい朝飯前か。僕は『探索技師団《シーカーズ》』にもいる何人かのドワーフをちらりと見つつ、そう思った。

「おっ、見えてきたぞ。……なんだ？　あれは？」

マリオのおっさんが目を凝《こ》らしながら正面に見える山を睨む。

山の麓《ふもと》のあたりからなにやら煙《けむり》のようなものが立ち上っているのだ。

「あそこが遺跡の入口かい？」

「うむ。ガンディリスの騎士隊と『探索技師団《うちち》』の若い奴らが駐屯《ちゅうとん》してるんだが……。しかしあの煙はなんだ？」

「火事かしら……」

博士たちもマリオのおっさんが指し示した方向に目を向ける。どれ、僕も。

「【ロングセンス】」

視力を飛ばし、マリオのおっさんが示した方向を眺める。確かに煙が立ち上っているな。設営されているテントなどが燃えている。それだけじゃなく、バラバラになったゴレムの残骸《ざんがい》などがあるぞ。あれってガンディリスの騎士ゴレムか？

「よくわからないけど、何かに襲《おそ》われたみたいだ。ガンディリスのゴレムらしき残骸が転がっている」

「なんだって⁉」

僕の言葉にリップルさんが声を荒《あら》げる。博士がバルムンクの操縦席に座《すわ》り、飛行船のスピードがアップした。

やがてみんなにも視認《しにん》できる距離まで近づくと、その惨状《さんじょう》がはっきりとわかった。

野営地からは火の手が上がり、倒れた人や壊れたゴレムの残骸がそこらじゅうに転がっている。明らかに何者かに襲撃《しゅうげき》を受けた状態だ。

バルムンクが着陸すると、すぐさま『探索技師団《シーカーズ》』の人たちが我先にと飛び出していった。

辺りに敵の姿はない。すでに撤収《てっしゅう》したのか？　いや、遺跡の中に突入《とつにゅう》した……？

遺跡の入口はかなり大きく、地下へと向かう形状をしていた。ゴレム数体でも楽に入れそうだ。

「おい！　大丈夫か⁉　しっかりしろ！」

怪我人《けがにん》を抱き起こすマリオのおっさんの声で我に返る。

っと、いかん。考えるのは後だ。まずは怪我人を救《たす》けないと。

「【光よ来たれ、平等なる癒《いや》し、エリアヒール】」

ターゲットロックされた人たち全体に回復魔法を発動する。幸いなことに死者はいなかった。先ほどまで重体だった者が、ぽかんとした表情で自分の身体をたしかめながら立ち上がる。

「こ、こりゃあ……回復魔法か？　あんたとんでもねぇな……」

魔法を目《ま》の当たりにしたマリオのおっさんやリップルさんまでもぽかんとしているのに苦笑《くしょう》しつつ、近くにいたガンディリスの騎士と思われる青年に話しかけた。

「いったいここでなにがあったんです？」

「え？　あ、ああ……突然《とつぜん》、変な集団に襲われたんだ。細い四つ腕のゴレムを何十体も引き連れた、おかしな仮面を被《かぶ》ったやつに」

「おかしな仮面？」

「顔というか頭全部を覆《おお》う鉄仮面のような仮面だ。カラスみたいな嘴《くちばし》があった……」

カラスのような仮面？　地球で言うところのペストマスクのようなものだろうか。確かにおかしな奴だな。

よく見ると大破したゴレムの残骸には、おそらくガンディリスの騎士ゴレムと思われる機体の他に、細い手足で、四本腕のゴレムの残骸も転がっている。

頭は丸く、マントのようなものを羽織っている。まるでカカシみたいだな。

「それでその集団はどこに？」

「たぶん遺跡の中へ……」

「狙《ねら》いはクロム・ランシェスの船か……！　くそっ、どこから漏れた!?」

マリオのおっさんが転がっていた木箱を叩く。『王冠』製作者の残した遺産とも言える船だ。よその国からしたら喉《のど》から手が出そうなほど魅力的《みりょくてき》な物だろう。ただの盗賊《とうぞく》団とも考えられるが、どこかの国の部隊である可能性は高い。

「だけど船には鍵がかかってるんでしょう？　『王冠』がなくては入れないのではなくて？」

「お母様、なにも馬鹿正直に正面から入る必要はないのですわ。多少破損してもいいのなら、強引《ごういん》に外壁《がいへき》を破壊《はかい》して内部に入るという方法もありますす」

リーンの疑問にクーンが答える。確かにありと言えばありかもしれないが、それって墓泥棒《どろぼう》のやり口だよな。この状況《じょうきょう》から見て同じような輩《やから》かもしれないけど。

仮にも『王冠』の製作者が、そんな簡単に破られるセキュリティを作るわけはない、と思いたい。

「あの船を破壊するだと⁉　冗談《じょうだん》じゃない！　失われた技術が詰《つ》まった宝箱だぞ！　おい、お前ら！　追いかけるぞ！」

マリオのおっさんの声に『探索技師団《シーカーズ》』のみならず、ガンディリスの騎士たちも拳《こぶし》を上げる。大丈夫かね？　騎士ゴレムたちは壊れたままだけど。

「ふむ。船が多少破損する程度なら許容できるが、中に記録されているデータを消されたりでもしたら大損失だ。ここはボクたちも行った方がいいと思うけど」

「だよなぁ」

博士の言う通り、一度荒《あ》らされたら二度と戻《もど》らないものもある。さすがにそんな暴挙は止めたいところだ。

遺跡に突入するマリオのおっさんたちに、僕《ぼく》たちもついていくことにした。この遺跡は地下七階まであり、問題の船は最下層の船渠《ドック》にあるらしい。かなり入り組んだ構造になっているらしく、リップルさんが地図を広げだした。

「ここからここ……。そしてこっちから降りた方が速いね。向こうさんが迷子になってりゃいいんだが」

広げられた地図を見てみると、地下鉄構内のように張り巡《めぐ》らされた通路が複雑な形を描いている。確かにこれは迷子になりそうだ。

『マスター、進言許可ヲ』

「え？　どうしました、アルブス？」

ユミナがアルブスに声をかける。するとアルブスはリップルさんから地図を受け取り、一階のある場所を指し示した。ん？　そこにはなにもないけど……。

『コノ場所ニ昇降機《エレベーター》アリ。最下層へ直通』

「えっ⁉　なんで知ってるんですか⁉」

「コノ施設《しせつ》はクロム・ランシェスノ秘密基地《アジト》。我モ来タコトガアル』

なるほど。ここがクロム・ランシェスの作ったものなら『王冠』であるアルブスが知っていてもおかしくはない。

だったらなんで今まで、この船がある場所を教えてくれなかったんだろう？

『製作者権限《ハイマスター》ニヨリ基地の場所ハ秘匿《ひとく》サレテイル。他ノ「王冠」モ同様ナリ』

「そういうことか。しかしクロム・ランシェスってやつは、なんとも秘密主義なんだな」

「優れた技術を持つ者は、得てして時の権力者や同業者に狙われるものさ。隠《かく》れたくなるのもわかるよ。ボクがバビロンを造ったようにね」

博士が同意するかのように深く頷《うなず》く。そんなもんですかね。確かバビロン博士も、どっかの国王にバビロンとシェスカたちバビロンナンバーズをよこせとか言われたんだっけ。五千年前に。

「とにかくその場所へ急ごう」

僕《ぼく》たちはアルブスの示した場所へと向かう。そこは一見、ただの壁としか見えない場所であった。

小さく偽装《ぎそう》された魔石に魔力《まりょく》を流すと、音もなく壁が二つに割れて、ポッカリと箱状の空間が姿を現した。

さすがに全員乗り込むのは難しいので、まずは僕らとマリオのおっさん、リップルさん、ガンディリスの騎士数名だけが乗り込み、一気に最下層へと向かうことにした。

扉《とびら》が閉まり、箱が下降する。なにもないんだけど思わず扉の上の方に視線を向けてしまうのは、地球でのエレベーターを知っている弊害《へいがい》かね。

チンッ、と金属が響《ひび》くような音がして、扉が開く。すると、薄暗《うすぐら》い通路の数メートル先にいた細い四本腕《うで》のゴレム数体が、ぐりんとこちらへとその目を向けた。

「あ、あいつらです！　我々を襲ったのは！」

一緒《いっしょ》にエレベーターに乗っていたガンディリスの騎士が叫《さけ》ぶ。

『ギ！　ギ、ギ！』

猿《さる》のごとくピョンピョンと飛び跳《は》ねながら四腕ゴレムが襲いかかってくる。僕は腰からブリュンヒルドを抜《ぬ》き、躊躇《ためら》いなくそのゴレムの胸目掛《めが》けてぶっ放した。

銃声《じゅうせい》と轟音《ごうおん》が響き、四腕ゴレムの胸に風穴が開く。銃弾《じゅうだん》に付与《ふよ》された【スパイラルランス】の効果だ。

「野郎《やろう》ども、遠慮《えんりょ》はいらねえ！　ぶっ壊せ！」

「おお！」

マリオのおっさんの声に、『探索技師団《シーカーズ》』の面々がエレベーターから飛び出す。彼らは技術者であると同時に探索者でもある。荒事《あらごと》には慣れっこなのだろう。スパナやハンマーを振り回し、四腕ゴレムたちに向かっていく。

負けじとガンディリスの騎士たちも前に出る。

『ギギッ！』

たちまち乱戦になり、僕はブリュンヒルドをガンモードからブレードモードへと切り替えた。間違《まちが》えて味方を撃《う》ってしまったり、こう狭《せま》いと跳弾《ちょうだん》が怖《こわ》い。

そんな僕とは正反対に、クーンが袖から取り出し、構えた魔法銃《スペルキャスター》から稲妻《いなずま》が飛び出す。

いいな、それ。僕も作ろうかな。

「ぐはっ！」

「うぐっ……！」

四腕ゴレムに何人か吹《ふ》っ飛ばされる。こいつ、細身のくせしてパワーがあるな。

「めんどくさいな。【スリップ】」

『ギッ⁉』

四腕ゴレムたちが通路の上に転倒《てんとう》する。そいつらを『探索技師団《シーカーズ》』のおっさんたちが大きなハンマーで一斉《いっせい》に殴《なぐ》りつけると、襲いかかってきたゴレムたちはやがて機能を停止した。

「こいつらどこの製品だ？　古代機体《レガシィ》じゃねぇようだが」

「ボディはアイゼンガルドのに近いな」

「でもよ、腕部や脚部《きゃくぶ》はガルディオのあたりで見たことがあるぜ」

『探索技師団《シーカーズ》』のおっさんたちは、動きを止めた四腕ゴレムを小突《こづ》き回しながら、各々《おのおの》の意見を飛ばししている。そういうの後にしてくれないかなあ。

『コノ先右。約百メートル先ノ階段ヲ下レバ、船渠《ドック》ニ着ク』

「わかった。行こう」

一部のおっさんたちを置いて僕らはアルブスの言葉に従い、先を急ぐ。

角を右に曲がり、小さなランプのみが灯《とも》る、薄暗く長い通路を直進、そこにあった階段を下ると、地底湖のような場所の近くにその船はあった。

近くで見るとかなりデカいな。見た目は船というより宇宙船のようだ。帆《ほ》とかないし、船体の左右にエンジンのようななにかが取り付けられているし。

「ひょっとしてこれって飛ぶのか？」

『否。「方舟《アーク》」ハ飛ベヌ。潜水《せんすい》ナラ可能』

そっちかよ。潜水艦《せんすいかん》なのか。そう言われるとそんなフォルムにも見えてくるな。だとしてもデカすぎるけど。

「ふん、招かざる客が来たか。ガンディリスもなかなかにしつこいな」

『方舟《アーク》』の姿に呆然《ぼうぜん》としていた僕らへと声がかかる。

視線を戻すと僕らの正面、『方舟《アーク》』への道を阻《はば》むかのように一人の人物が立っていた。

黒く丸いサングラスのようなゴーグルに、鉄鋲《びょう》で打たれたカラスのような金属のペストマスク。フードの付いた黒いコートを被り、左の腰《こし》にはスプレー缶《かん》のようなものがジャラジャラと、右の腰にはメタリックレッドの細剣《レイピア》を差していた。

背中には変なランドセルのようなものを背負い、なにやらダイヤルの付いたベルトをしている。

一見レトロチックなスチームパンクのコスプレ野郎にしか見えないが、なにか……妙《みょう》な気配を感じた。

僕はペストマスク野郎を誰何《すいか》する。

「お前は遺跡目当ての盗賊か？　それともどこかの国の諜報員《ちょうほういん》か？」

「どちらでもない。あえていうなら『邪神《じゃしん》の使徒』だ」

「……なんだと？」

眉《まゆ》を顰《ひそ》めた僕を無視し、ペストマスクの男は腰から外したスプレー缶のようなものをこちらへと投げつけた。

一瞬《いっしゅん》にしてそこから吹き出した毒々しい色の煙が辺りに広がる。まずい！　毒ガスか!?

「【プリズン】！」

とっさに【プリズン】を展開し、みんなを毒ガスから結界で守る。毒々しい緑色の煙があっという間に視界を奪《うば》い、ペストマスクの男が見えなくなっていく。

「じゃあな」

ペストマスクの男が背負ったランドセルから翼《つばさ》のようなものが飛び出し、まるでロケットかジェット機のように空に飛び上がった。なんだありゃあ……！

ペストマスクの男は地底湖の上を飛んでいき、『方舟《アーク》』の甲板《かんぱん》へと降り立つ。そこで視界が完全に煙にふさがれて、なにも見えなくなった。くそっ！

「【嵐よ渦巻《うずま》け、嵐《あらし》の旋風《せんぷう》、サイクロンストーム】！」

リーンの放った竜巻《たつまき》が周囲の毒ガスを吹き飛ばす。それを吹き出していたスプレー缶も一緒に吹き飛び、地底湖へと落ちた。

視界が回復した僕たちの目に映ったのは、静かに水をたたえる地底湖だけだった。

一瞬にして、僕らの目の前から忽然《こつぜん》と『方舟《アーク》』が消えてしまったのである。

◇　◇　◇

「船が……ない？」

さっきまで目の前にあった大きな船が忽然と姿を消している。こんな時に不謹慎《ふきんしん》かもしれないが、僕はマジシャンがトレーラーを消すマジックショーを思い出していた。気持ち的にはあんな感じだ。

「地底湖に潜《もぐ》ったんでしょうか……？」

「いや、あの一瞬で潜るのは無理だと思う。それにほら、湖面は大きな波一つ立ってないよ」

ユミナの考えを僕は否定する。

おそらく転移魔法《まほう》……だと思う。幻影魔法《げんえいまほう》で姿を消しているのでなければ。

一応、船渠《ドック》へと駆《か》け寄り、何もないことを確かめた。

「検索《けんさく》。『方舟《アーク》』」

『検索中…………該当《がいとう》なシ』

【サーチ】に引っかからない。結界を張ったのか？

さらに神気を込めて【サーチ】を発動するが、神気は魔素《まそ》と違《ちが》い、大気中にあるものではないので、僕自身が放たなければならない。この世界中を検索するのは流石《さすが》に無理だ。少なくともこの近くにはいない。

「あの変なマスクの男……。男だと思うけど、気になることを言っていたわね」

「『邪神の使徒』、か」

リーンの言葉に僕も同じ疑問を呈《てい》する。奴《やつ》はハッキリとそう言った。邪神……僕らが倒《たお》したあの邪神《ニート》だろうか。それとも別の？

邪神は地上の神器から生まれる。人々の悪意を吸収した神器が意思を持ち、神の力を持つ付喪神《つくもがみ》となるのだ。

今現在、この地上にある神器は僕のスマホだけのはずだ。エンデが他の世界から持ってきた双神剣《そうしんけん》は【ストレージ】に入れっぱなしだしな。懐《ふところ》から世界神様特製のスマホを取り出す。……ちゃんとあるよね。

「『邪神の使徒』……。時江《ときえ》お祖母様《ばあさま》の懸念《けねん》が当たりましたわね。やっぱ、りむぐっ⁉」

「しっ！」

え？　振り向くと、アーシアの口をクーンが背後から押さえている。

今聞き捨てならないことを聞いたような……。

クーンにじーっと視線を向けると、向こうは逆にそれをススと外す。おいこら。なんだその怪《あや》しい態度は。わざとらしい口笛はやめなさい。

「……クーン。何か知ってるのか？」

「いいえ、お父様。何も知りませんわ」

問いかけるとにっこりと微笑《ほほえ》み返す我《わ》が娘《むすめ》。母親が母親なだけにとぼけるのが上手《うま》いな、こんにゃろめ。

「話さないならバビロンへの立ち入りを禁止するけど、」

「知ってますわ、お父様！　どうかそれだけは勘弁《かんべん》を！」

チョロい。ようやくこの子のコントロール法がわかってきたぞ。ちょっと待って、リーンさん。そんな目で見ないで下さい。

「うう……。ここではアレですので、帰ったらでいいですか？」

「わかった。それといいかげん、アーシアを解放しな」

「ぷはっ！」

口を塞《ふさ》がれていたアーシアが呼吸を取り戻す。

『探索技師団《シーカーズ》』の人たちもいるし、時江おばあちゃんに許可がいるかもしれないしな。とりあえずそれは帰ってから聞こう。

「よくわからねえが……。結局、船は盗《ぬす》まれちまったってことかい？」

「みたいですね。おそらく転移魔法で転移させたんでしょう」

マリオのおっさんにはそう答えるしかなかった。僕の言葉を聞いてがっくりと肩《かた》を落とす。

同じようにガンディリスの騎士《きし》たちも悔《くや》しそうに俯《うつむ》いている。無理もない。古代の天才魔工技師が残した遺産を逃《のが》したのだ。国としては大きな損失であろう。

「いったい奴らは何者なんだ？　あんな四本腕のゴレムは見たことがない」

「そりゃそうだ。アレはいろんなパーツをつぎはぎして造った、いわば混成機体《ハイブリッド》だ。普通《ふつう》ならまともに動くこともできねえシロモノさ。奴らの背後にはとんでもねえ技術者がいる。そいつに『方舟《アーク》』が奪われた……ちっ、嫌《いや》な予感しかしねえ」

騎士のつぶやきにマリオのおっさんがそう答える。あの四腕ゴレムか。確かにそこそこ強かった。

しかしあれって寄せ集めのゴレムなのか。それであの完成度……どこかから盗んできたのでなければ、奴らの仲間には優《すぐ》れた製作者《マイスター》がいる可能性が高い。

ユミナがアルブスに目を向ける。

「アルブス。『方舟《アーク》』にはどういった機能があるんです？」

『「方舟《アーク》」ハ、クロム・ランシェスノ個人工場《ファクトリー》。資材サエアレバゴレムヲ量産デキル』

「量産ってまさか『王冠《おうかん》』をか⁉」

アルブスの答えに僕は驚《おどろ》いて声を荒らげてしまった。もしも『王冠』が量産なんかされたらとんでもないことになる。

『否。「王冠」ハ量産不可能』

「驚かすなよ……」

よくよく考えてみると、そんなことが可能ならクロム・ランシェスだって『王冠』をもっと量産したはずだ。となると、やはり個人的なゴレム工場《ファクトリー》ってことか。

「だけど天才と言われたゴレム技師の工場《ファクトリー》よ。普通の工場《ファクトリー》とは一線を画するはず。他にどんな機能があるかわかったもんじゃないわ」

エルカ技師の言う通り、おかしな奴らの手に渡ると大変なことになるかもしれない。

しかし僕はここで『邪神の使徒』という言葉を思い出し、すでに『おかしな奴ら』の手に渡ってしまったことを悟《さと》った。

『「方舟《アーク》」ノ機能ハ「王冠」ニヨッテ起動スル。「王冠」ハ「方舟《アーク》」ノ鍵』

「そうなのか？　じゃあ次に狙われるのは『王冠』のゴレムかもしれないってことか……」

奴らが『方舟《アーク》』の力を欲《ほっ》しているのであれば、その可能性はある。幸いブリュンヒルドには四つの『王冠』がいる。そのうちルナの『紫《むらさき》』は能力を失っているから実質三つだが。他の『王冠』にも注意を喚起《かんき》するべきか……。

『否。襲撃者《しゅうげきしゃ》ハ既ニ「王冠」ヲ手中ニシテイルト思ワレル』

「……………なに？」

『青』のロベールや、『緑』のレア国王に連絡《れんらく》をと考えていた僕は、アルブスの言葉にまたしても驚く。

既に『王冠』を手にしているって？　なんでそんなことがわかるんだと問うと、アルブスは僕らが通り抜けてきた通路を指差した。

『アノ通路ノ扉ハ「王冠」ガイナケレバ開カヌ。故ニ賊《ぞく》ハ「王冠」ヲ連レテイタ可能性ガ高イ』

「ちょ、ちょっと待て。今更《いまさら》だけど『王冠』って何体いるんだ？」

『「赤」、「青」、「緑」、「紫」、「黒」、「白」、ノ六体ナリ』

アルブスが答えた六体のうち、四体はブリュンヒルドにいる。じゃあブリュンヒルドにいない『青』か『緑』があいつらの手に落ちたってのか？

『否。クロム・ランシェスガ世界ヲ渡《わた》リ、後ニ製作シタ未完成ノ機体アリ。「金」ソシテ「銀」』

「『金』と『銀』？　そりゃまた派手そうな……」

クロム・ランシェスは『白』と『黒』のゴレムスキルを使い、裏世界から表世界へと世界の結界を飛び越えた。

確かその飛び越えた先でフレイズの大侵攻に遭遇《そうぐう》し、なんとか代償《だいしよう》無しで元の世界へ戻れないかと新たな『王冠』の開発に着手したが、間に合わなかった……と以前アルブスに聞いたな。

未完成の『金』、『銀』ってのは、どうやらその時の機体らしい。

つまり賊はどこかでその『金』か『銀』を手に入れ、この遺跡《いせき》へと侵入《しんにゆう》したということか。

……………なんか妙だな。なんというか用意周到《よういしゆうとう》過ぎる気がする。

『方舟《アーク》』を狙うため、前もって『王冠』を手に入れたのか、それとも『王冠』があったから『方舟《アーク》』を狙ったのか。

そもそも『方舟《アーク》』の情報だっておいそれと手に入るものじゃないはずだ。

「とにかくガンディリスの国王陛下にこのことを知らせねえとな。悪いんだが公王陛下、あんたも来ちゃくれねえかい？　転移魔法うんぬんはなんて説明したらいいかわからなくてよ」

「構いませんよ。ガンディリスに来た以上、挨拶《あいさつ》も無しに帰っては問題あるでしょうし」

僕もガンディリスの国王陛下には会いたかったから渡りに船だ。

地上に出て、ガンディリスの騎士の大半を駐屯地《ちゅうとんち》に残して、他の人たちは『探索技師団《シーカーズ》』の飛行船に、僕らは『バルムンク』に乗り込む。

ここからガンディリスの王都まではそれほどの距離《きょより》はない。

『探索技師団《シーカーズ》』の飛行船に先導してもらい、ゆっくりと向かうことにした。『バルムンク』を見て騒《さわ》ぎになられても困るしな。

そんなわけで今現在、『バルムンク』には僕らの身内しかいない。

「さて。聞かせてもらおうか。『邪神の使徒』ってのはなんだ?」

テーブルの向かいに座る、アーシアとクーンに睨《にら》みをきかせる。……きいているかどうかはわからないが。

「私たちにも詳《くわ》しくはわからないのですけど……。『邪神の使徒』というのは、お父様がかつて倒した邪神の残滓《ざんし》なんだそうです」

「んん? 残滓……ってのはどういうことだ?」

「つまり搾《しぼ》りカス、ということですわ。大豆から豆腐《とうふ》を製造する過程で、豆乳を搾った時にできる、おからのようなものですわね」

アーシアが料理にたとえてくれたが、わかりやすいようなわかりにくいような。ニート神の搾りカス？　気持ち悪いな……。

「あー、つまりなんだ、あいつは邪神のなり損《そこ》ねってことか？」

「あいつというか、何人かいるそうですので『あいつら』ですけども」

クーンが苦笑しながら答える。

「時江お祖母様はそこまで教えてはくれなかったのでよくはわかりません。ただ、私たちの障害になると。なにごともなければ私たちは未来に無事帰ることができますが、『邪神の使徒』が絡《から》んでくると、神の力による不確定な要素ができるため、帰還《きかん》が困難になる……と」

「『邪神の使徒』が目覚める可能性は低かったらしいですわ。あくまでちょっとした注意ということで教えてもらったのです。このことはお父様たちには秘密にと口止めされていて……」

てことはなにか？　あの『邪神の使徒』とやらをなんとかしないと子供たちは未来へ無事に帰れないのか？

『邪神の使徒』が現れたことで、他の未来への支流が生まれつつある……ということなのだろうか。

「よくわからないけど、厄介《やっかい》なやつらってことはわかったわね」

ため息をつきながらリーンがつぶやく。

「でも、搾りカスなんだろ？　大したやつらじゃないんじゃ……」

「甘《あま》いですわ、お父様。おからだって使い方次第《しだい》では立派な一品になり得ますのよ。どちらも元は大豆からできたもの。食材に上下はありませんわ」

アーシアが得意げに語るが、君、さっきからなんか違う話してない？

まあ、油断してはいけないってことを言いたいのだろう。

紛《まが》い物でも一応は神の端《はし》くれの端くれ。眷属《けんぞく》を生み出すこともできたってことか。あのペストマスクの男も元は人間なのかな？　邪神から力をもらい、使徒となったってとこか。

「あいつらの目的はなんだ？　僕への復讐《ふくしゅう》か？　邪神の復活か？」

「さあ、そこまでは……、よからぬことを企《たくら》んでいるのは確かでしょうけど」

邪神の復活、というのはまず無理だと思う。魂《たましい》ごと砕《くだ》け散ったからな。少なくともあのニート神が甦《よみがえ》ることはない。

ただ、『新しい邪神』が生まれる可能性はある。それには神器のように神の力が内包されたものが必要なはずだが……。

もしもあのニート神がそういった神器を遺《のこ》していたら……いや、まさかな。

『王都に着いたみたいだよ』

艦橋《ブリッジ》から博士の声が届く。僕らは窓から外の風景を見下ろした。

高くそびえる山々に囲まれた場所にその都はあった。山から流れる川が都を南北に分断し、がっしりとした造りの城はその北側に配置している。

その城の東側に開けた場所があり、別の飛行船が停泊《ていはく》していた。ガンディリスの飛行船だろう。

その隣《となり》へと『探索技師団《シーカーズ》』の飛行船が降りていく。ここに降りろってことかな。

しかしあいにく『バルムンク』が降りるにはスペースが心許《こころもと》ない。

「悪い。博士たちは上空《ここ》で待っててもらえるか？」

『いいよ。ボクらはあのゴレムをバラして待ってるから、何かあったら連絡してくれ』

あのゴレム、とは遺跡で拾ってきた『邪神の使徒』の四腕ゴレムのことだろう。さっそくバラすのかよ。それを聞いたクーンが目を輝《かがや》かせてこちらを見る。

「お父様っ！」

「はいはい、クーンも残っていいよ」

「さすが！　話がわかります！」

クーンが小さく飛び跳ねる。このパターンにも慣れてきたんでね……。頭を押さえるな、リーン。僕も同じ気持ちだから。

「アーシアは……」

「私《わたくし》も残りますわ。ご飯を用意しておきますので、会食は断って下さいましね。あ、お父様、食材を出して下さいな」

え、待って。来る時も君らの料理食べたんですが。

でも食べないから必要ないよ、とは言えない。僕は食材をアーシアに渡《わた》しつつ、なるべくお腹《なか》を空《す》かせるようにしようと思った。

『探索技師団《シーカーズ》』の飛行船からマリオのおっさんやリップルさんが降りたのを見計らって、僕らも【テレポート】で地上へと下りた。下りたメンバーは僕、ユミナ、ルー、リーンの四人である。

「ようこそガンディリスへ。王のもとへご案内致《いた》します」

駐屯地にいた騎士と話していた文官らしき青年が声をかけてくる。

案内に従って城内を進んでいくと、やがてひとつの部屋の前に辿《たど》り着いた。

中へと入ると飾《かざ》り気《け》のない、それでいて重厚《じゅうこう》な内装の執務室《しつむしつ》で、三人の人物が僕らを出《で》迎《むか》えてくれた。

一人はコーデリア・テラ・ガンディリス。このガンディリス王国の第二王女だ。そしてその後ろに控《ひか》えているメガネのメイドはパルレルさん。一緒にやってきた『探索技師団《シーカーズ》』のマリオのおっさんとリップルさんの娘さんだ。

　この二人とはリーフリースでのお見合いパーティー事件のあとに会っている知り合いだ。久々の再会に軽く挨拶を交《か》わす。

　そしてもう一人。執務室の机から立ち上がった老年の人物。白髭《しらひげ》を蓄《たくわ》えた、がっしりとした体躯《たいく》の男性だ。

「ようこそガンディリスへ。ブリュンヒルド公王陛下。私が国王のギャリバン・ジラ・ガンディリスだ」

「厚かましくもお邪魔《じゃま》いたしております。ブリュンヒルド公国公王、望月冬夜です。こちらはユミナ、ルーシア、リーン。僕の妻たちです」

「おお、奥方《おくがた》たちであったか。ゆるりと休まれよ」

　ガンディリスの国王陛下に勧《すす》められるままに椅子《いす》に腰掛《こしか》ける。挨拶もそこそこにマリオのおっさんが今回の顛末《てんまつ》を話し始めた。

「すまねえ、王様。まんまと船を盗まれちまった」

「いや、こちらの警備の甘さが招いた結果だ。お前のせいではない。クロム・ランシェスの技術を得られなかったのは残念だが、誰一人《だれひとり》として死者はおらんことを喜ばねばな」

頭を下げるマリオのおっさんにガンディリス国王が微笑む。なるほど。確かに温厚《おんこう》そうな王様だ。

「ブリュンヒルド公王。奴らはどこへ逃《に》げたと思うかね？」

「わかりません。転移魔法を使って逃げただけではなく、隠蔽《いんぺい》もされているみたいで、僕の探索魔法《たんさくまほう》にも引っかかりません。かなり慎重《しんちょう》なやつらのようです」

「ふむ……。では今はどうしようもないか……」

腕組《うでぐ》みをして残念そうに息を吐《つ》くガンディリス国王。

その横でさっきからちらちらとこちらを窺《うかが》うコーデリア王女の姿が視界に入ってくる。

……なんだ？

「あっ、あの！　であれば、何かあったとき連絡していただけると、こちらとしても助かると思います！」

「ええ、それはもちろん」

「ですから、その、ですね……」

何が言いたいのだろう？　もじもじしてよくわからんが。隣にいたユミナと視線を交わすが、向こうも小さく首を傾《かし》げていた。

するとパルレルさんが小さくため息をついてズバッと言葉を吐いた。

「姫様《ひめさま》は公王陛下から『すまーとふぉん』をいただいて、愛《いと》しのガルディオ皇帝《こうてい》陛下と夜な夜な甘い会話を楽しみたいと浅はかにも考えておいでです」

「言い方ぁ！」

コーデリア王女が涙目《なみだめ》で怒鳴《どな》る。パルレルさんってうちのシェスカと同じタイプだよな……。いや、シェスカはMで、パルレルさんはSっぽい気がするけれども。どっちもメイドだし、共通点が多い気がする。

「おお、あの小さな万能《ばんのう》通信機だな？　ガルディオ皇帝もアレントの聖王も持っておった。あれをいただけるのかね？」

いやまあ、どうせ後で渡そうとは思っていたからいいけどさ。

僕は【ストレージ】から量産型スマホと説明書のセットをテーブルの上に出した。

ガンディリス国王陛下とコーデリア王女に使い方を教えていると、マリオのおっさんとリップルさん、それにパルレルさんの親娘《おやこ》が物欲《ものほ》しそうにこちらに視線を向けてきた。

いや、ユミナの魔眼で悪い人ではないとわかってはいるんで渡してもいいんだけど……。

「絶対に分解《バラ》しさないで下さいよ？　たぶん直せないし、二度と渡しませんからね？」

と、特にマリオのおっさんに念押《ねんお》ししておいた。量産型スマホは【プロテクション】や【シールド】を付与しているから簡単には壊《こわ》れないが、分解しようと思えばできないことはない。だけどその時点で僕らとの信用は地に堕《お》ちると理解してほしい。

さっそくとばかりにコーデリア王女がガルディオ皇帝陛下の番号を聞いてきた。しかし他人が勝手に教えるのもアレなので、一応メールで皇帝陛下に教えてもいいかお伺《うかが》いをたてる。

即《そく》OKの返信が来た。早っ。

しかしせっかく番号を教えたコーデリア王女はなかなか電話をかけようとはしない。みんな心配して見守っているのに。

「こんなに注目されたらかけられませんわ！」

ごもっとも。

第二章　歌姫の娘

ガンディリス国王との会談は和《なご》やかに進み、次の二世界会議に出席してもらえることになった。

フレイズや変異種がいなくなった今でも、こういった首脳会議は必要である。特に今は、西方大陸と東方大陸との文化交流が必要な時期だと思う。

東方諸国ではゴレムを国民に認知《にんち》させ、西方諸国では魔法を身近なものと認識《にんしき》させる。それにはまず、国のトップがわかり合わなければ。

例としてガンディリス国王とコーデリア王女に魔法の適性があるか調べてみると、どちらとも土属性の適性があった。鉱山国だからかね？

リーンが少し指導すると、二人ともすぐに初歩の魔法である【ストーンバレット】を使えるようになった。土魔法は地味だけど、壁《かべ》を作ったり穴を開けたり、鉱山などではかなり役に立つ魔法だと思う。

魔法の初級教本も渡し、初のガンディリス来訪はかなりうまくいった。いつもこんなだと助かるんだがなあ。

毎回変な事件に巻き込まれたりするからさ……。いや、今回も巻き込まれたか。

『邪神の使徒』……。何を企んでいるか知らないが、やっと平和になった世界をどうにかしようってんなら容赦《ようしゃ》はしない。

ガンディリスの人々に見送られ、僕《ぼく》らはブリュンヒルドへ帰還しようと、巨大《きょだい》飛行船『バルムンク』へと転移する。

【ゲート】で帰ってもいいんだけど、アーシアが料理を作ってるらしいからさ……。

「さあさあさあ！　お父様、召《め》し上がれ！」

「わ、わかったから、食べるから！」

『バルムンク』のリビングスペースにはこれでもかと料理が並べられていた。いや、多すぎだろ……。満漢全席じゃないんだから。来る時も食べたし、とてもじゃないけど食い切れないぞ。八重《やえ》を連れて来ればよかった。

「あら、美味《おい》しい。アーシア、これは？」

「それは林檎《りんご》とチーズの生ハム巻きですわ、リーンお母様。ハムはブルドボアのを使っていますのよ」

ブルドボアってあれか？　雪国に住む白い巨大イノシシ。あいつ、こんなに美味《うま》かったのか。

ルーも娘の料理を一口食べる。

「なるほど……。林檎の甘酸《あまず》っぱさと生ハムの塩気。……美味しいですわ」

「あら、お母様からお褒《ほ》めの言葉をもらえるとは。驚きですわね」

アーシアさん、その『勝った！』と言わんばかりのドヤ顔はやめなさい。お父さんちょっと引くよ……。

「ですが私《わたくし》ならこの上に黒胡椒《こしょう》やレモン汁《じる》などでアクセントをつけますわ。詰《つ》めが甘いですわね」

「むぐぐ！　そ、それぐらい私《わたくし》も考えてましたわっ！」

ほら、返された。ルーも『ふふん』ってドヤ顔はやめなさい。君らホントに似た者親子だよ……。

しかしそれにしても多い。いや、どれも美味しいんだけれども……。さすがに限界を感じてきた僕は疑問に思っていたことをアーシアに尋《たず》ねる。

「というか、クーンたちは？」

「格納庫《ハンガー》で拾ってきたあのゴレムをまだバラしてますわ。さっき食事ですって呼んだんですけど、生返事で……」

またか。あいつらは何かに夢中になると他のものが疎《おろそ》かになる。気持ちの切り替《か》えができないのかね？

まったく……。僕らだけでこの量を食べられるわけがないだろう。

呼んでこよう。……食べることから逃げるわけじゃないよ？

いっぱいになったお腹を抱《かか》え、僕が格納庫《ハンガー》の方へ行くと、様々なパーツにバラされた四《よっ》腕《うで》ゴレムを地べたに座《すわ》ったバビロン博士、エルカ技師、クーンの三人が取り囲み、なにやら難しい顔をしていた。

ひょいと彼女《かのじょ》たちの頭越《あたまご》しに覗《のぞ》くと、その中心に野球ボール大の赤い正八面体があった。

「なんだそれ？」

「これはこのゴレムにあったGキューブ……というべきものだよ。このゴレムはこいつを動力源として動いているのだろうが、ゴレムのものとは明らかに違う」

「ゴレムじゃないのか？」

「その他のパーツはゴレムのものよ。Qクリスタルも軍機兵《ソルダート》のものを使っていたわ」

博士とエルカ技師が説明してくれるがよくわからん。違法《いほう》改造のゴレムってこと？

「ゴレムであってゴレムではない……。異質な存在ですわ」

「それにこれはなんだ？　Gキューブと同じような働きをしているのはわかるが、モノ自体が謎《なぞ》だ。ボクの【アナライズ】でもわからない」

博士が正八面体を持ち上げて光に翳《かざ》す。赤い、血のような色をした、透明感《とうめいかん》のあるモノだ。

分析魔法《ぶんせきまほう》の【アナライズ】でもわからない？　それってひょっとして……。

僕はそれを神眼で確認《かくにん》した。……ふん、やっぱりか。

「あんまりそいつに触《さわ》らない方がいい。そいつからはわずかにだが邪神の神気が漂《ただよ》っている。それくらいならどうってことはないが、気分が悪くなるぞ」

僕の言葉を聞いて、博士がぱっ、と手を放す。ゴトッと赤い正八面体は格納庫《ハンガー》の床《ゆか》に落ちた。

「邪神？　このゴレムに邪神が関わっているのかい？　でも邪神は君が倒したんじゃ？」

「なんか『おから』みたいなのが残ってたみたいでね」

「「『おから』？」」

バビロン博士とエルカ技師が眉を寄せて、どういう意味？　というように尋ねてきた。

僕もよくわからないので、アーシアの説明そのままを二人に聞かせる。つまり搾りカスってことを。

「なるほど。それで『おから』か。言い得て妙だね」

「搾りカスではあるけれど、ちゃんと豆の成分も持っているってことかしら。油断はできないわね」

ニート神が残したものだろうと、神の力は神の力。普通の人間には太刀《たち》打《う》ちできない。しかもすでにこの世界は神様の手を離れているから僕らがなんとかするしかない。

あ、いや、神様の手を離れているっていうか、僕の手に渡されたんだけど……。

今更だけど世界の管理ってどうすればいいんだろう……。

神様カンパニーに入社したてのルーキーとしては、頼《たよ》りになる先輩《せんぱい》とか欲《ほ》しいんですけど。

花恋《かれん》姉さんとか諸刃《もろは》姉さんとかでは当てにならんのだろうなあ……。そもそもあの神《ひと》たちは世界を管理するのが仕事じゃないからな。

となると上級神……。世界神様か、時空神である時江《ときえ》おばあちゃんか。時江おばあちゃんはどうも最近忙《いそが》しいらしく、あまりこっちに来ないからな。

それに次元震《しん》や僕らの娘のことで忙しいのなら、ちょっと聞き出しにくい。

やはり世界神様《トップ》に聞くのが一番かな。

あとで久《ひさ》し振《ぶ》りに訪ねてみるか。

「こいつが邪神絡《じゃしんがら》みなものだとしても、このツギハギのゴレムを作り上げた技術者は誰《だれ》だろうね」

「五大マイスタークラスならできなくはないと思うけど……。『教授《プロフェッサー》』はパナシェスにいるっていうし、『指揮者《マエストロ》』は人間嫌《きら》いだから誰かに従うなんてしないと思うし……」

五大マイスターね。残りはエルカ技師とマリオのおっさんら『探索技師団《シーカーズ》』。あと一人は死んだ魔工王のジジイだしな。

「『邪神の使徒』は集団なのだと聞きました。言い換《か》えれば『邪神教団』とも言えます。そういったゴレム知識に詳しい者がいてもおかしくはありません」

うわ、やだなぁ、それ。クーンの言葉に思わず顔をしかめる。あんなニート神を崇《あが》め奉《たてまつ》る奴らって……なにかに乗っ取られてんじゃないの？

いや、その可能性もあり得るか。邪神の神器……邪神器が複数あるなら、それに操《あやつ》られているってのも……。

「情報が少ない以上、考えても無駄《むだ》か。なんにしろ良からぬことを企んでいるなら潰《つぶ》すまでだ」

「ふふふ。さすがお父様です」

「はい、この話はここまで。君らも食事して。アーシアが待ってるから」

三人を立たせて食堂へと追いやる。僕は転がっていた赤い正八面体を取り上げ、【プリズン】で包んで封印《ふういん》し、【ストレージ】へとしまった。

◇　◇　◇

「う～っ！　そんな面白《おもしろ》いことになってるなら私も行くべきだったんだよー！」

だむだむ、と両手でテーブルを叩《たた》くフレイ。やめなさい、お行儀《ぎょうぎ》の悪い。

「『邪神《じゃしん》の使徒』って強いのかな？　あたし戦ってみたい！」

「わ、私は戦わなくていいかなぁ……」

リンネが積極的にはしゃぐ一方で、エルナは大人しく消極的だ。しかしこの場合、エルナの方が正しいと思う。

「あんたたち、勝手なことはしないのよ？　こういうことは親に任せておけばいいの」

エルゼが暴走しがちなリンネとフレイを睨んでいる。フレイはわかってくれたみたいだけど、リンネは明らかに不満顔だ。

「とにかくこのことは一時棚上《たなあ》げにする。エルゼの言う通り、勝手になにかしないようにね」

「はーい……」

リンネが不承不承といった感じで言葉を返す。クーン、フレイ、アーシア、エルナも小さく頷《うなず》いた。

「ではみなさん、お風呂《ふろ》に入って寝《ね》る支度《したく》をしましょう。いきますよー」

「「「「はーい」」」」

ユミナが引率《いんそつ》の先生よろしく子供たちをお風呂にぞろぞろと連れて行く。うちの大浴場は大きいので全員で入っても問題ない。リンネが泳いだりするのが困るとリンゼが言っていたけど。

さて、子供たちがいなくなったので、僕は今のうちに神界に行こうと席を立つ。おっと、手土産《てみやげ》を忘れないようにしないとな。

世界神様は和菓子《わがし》の方が好みらしいから、どら焼きと羊羹《ようかん》を持っていくことにしよう。

【ゲート】を開くといつもの雲海が広がる。畳《たたみ》だけの四畳半《よじょうはん》に世界神様ともう一神《ひとり》、あろうことか破壊《はかい》神が卓袱台《ちゃぶだい》の前に座っていた。

「おお、久しぶりじゃな」

「よう。元気そうじゃねえか」

二神《ふたり》して挨拶をしてくれるが、僕はなんで破壊神がここに？　と、疑問でいっぱいだった。いや、神である以上、いてもおかしくはないんだけれど。

「あっと、お久しぶりです。これ、お土産に。どら焼きと羊羹」

「おお、すまんね。さっそくいただくかの」

「なんでえ、酒はねえのかよ」

ないよ。そういやアンタ、前に地上に降りてきて散々酒をかっくらっていったな。なにかしでかしやしないかとこっちはハラハラしたってのに。

「今日はなにかね？」

「えっと実は……」

僕は世界神様に現在僕らの世界で起こっていることをかいつまんで説明した。邪神を倒《たお》したことによって、あの世界の管理者に僕はなった。まったく自覚はないけど。

あの世界の人たちにどう思われているかはとりあえず置いといて、曲がりなりにも一つの世界の『神』というものになったのだ。……見習いだけれども。

で、その『神様』はこの場合、どうすればいいのか？

「別になにもせんでもいい……と言いたいところじゃが、邪神が絡んでいるとそうも言ってられんな。まあ、大雑把《おおざっぱ》には二つの方法がある」

「二つの方法？」

「一つは新たな神器を誰かに与《あた》え、邪神の使徒を討《う》つ勇者として覚醒《かくせい》させる。おまかせじゃな。君は見てるだけでいい。本来ならばこの方法を取る。しかし君の場合はあの世界の管理者であると同時に、あの世界の生きる者でもあるからの。自分で処理するというもう一つの方法もありじゃ。邪神ならともかく、その使いっ走りなら、まあ問題ないじゃろ」

邪神ならともかく？　邪神だとなにか問題あるのかね？

「もう一つあるじゃねえか。全部まとめて世界ごと……」

「却下《きやつか》で」

「まだなにも言ってねえだろ」

破壊神の言う事なんかわかってらい。世界ごと破壊しろってんだろ。雑巾《ぞうきん》で汚《よご》れを拭《ふ》く感覚で世界を破壊しないでほしい。

「あの世界はすでに君の管理下にある。好きにやればいいさ。おっと、好きにやればいいとは言ったが、世界征服《せいふく》とかはやめてくれよ？　それは公私混同じゃからな？　あの世界は君の管理下にあるが、君のものではない。あの世界の人々のものじゃ。本来なら世界が変な方向にいかないために見守ることが仕事じゃからして」

しませんよ、世界征服なんか。面倒《めんどう》くさい。

本来、神様たちは世界を見守る存在で、時折り『あ、これマズくね？』という時だけ、地上の人々に奇跡《きせき》という方法で手を貸すのだ。聖剣《せいけん》や神剣《しんけん》を授《さず》けたり、神託《しんたく》を与えたり、時には御使《みつか》いを派遣《はけん》したりな。

僕の場合、自分自身が地上にいるからややこしいことになっているけども。

「まあ、邪神の眷属なぞ、今の君にしたら大したことなかろう。煩《わずら》わしいかもしれんがの。ただ、根こそぎきちんとやらんと、眷属の眷属なんてもんが出てくるから気をつけてな」

「うへえ」

なにその雑草みたいなの。抜《ぬ》いても抜いても生えてくるってか？

「そういえば地上に来ている神様たちには、今回のことは伝えなくてもいいんですかね？」

僕らの世界は僕が管理する世界であると同時に、神々の保養地としての面も持っている。花恋姉さんとか、僕のサポート要員以外の神様たち、えーっと、舞踏《ぶとう》神、剛力《ごうりき》神、工芸神、眼鏡神、演劇神、人形神、放浪《ほうろう》神、花神、宝石神の九神に伝えないでいいのかってことだが。

「構わんじゃろ。彼《かれ》らは現在、中身は神でも人間として暮らしているし、なにより休暇《きゅうか》中じゃ。巻き込むことはなかろ」

まあその方がこっちもややこしいことにならずに済むけどさ。子供たちのことだけでも大変なのに、神様たちまで面倒見切れないから。

「まあそんなに気にすることはねえだろ。邪神絡みって言ってもその残滓にしかすぎねえし、後処理が面倒なのはどこも同じだ。俺《おれ》様も世界を破壊するより、その後のゴミを片付けるのが面倒でなあ」

いや、それと一緒《いっしょ》にされても。後処理が面倒ってのはわかるけど。

「まあ、これといってやるなという禁止事項《じこう》はないから、掃除《そうじ》程度に考えて気軽にな。君なら大丈夫《だいじょうぶ》だと思うが、面倒になって大雑把な後始末をすると後で困るぞ。こいつのように」

「うっせ」

掃除ですか……。まあ、なんとなく言わんとしていることはわかる。神様たちにとってこの程度のことは、しつこいカビ落としとか、シンクの水垢《みずあか》落としとかそんな感じなんだろう。ただひたすら面倒だという。

まあ、お墨付《すみつ》きはもらえたし、好きに対処するか。

◇　◇　◇

「おとーさん、あたし魔獣討伐《まじゅうとうばつ》に行きたい!」

「おっと、いきなり娘《むすめ》が変なことを言い出しましたよ?」

次の日みんなで朝食をとっていると、リンネが唐突《とうとつ》にそんなことを言い出した。

「魔獣討伐? 狩《か》りをしたいってこと?」

「うん! こっちにきてから冒険者《ぼうけんしゃ》ギルドで依頼《いらい》を受けられないし、ブリュンヒルドにはそこまで強い魔獣《まじゅう》はいないから、つまんないの。だから大樹海かミスミドあたりに行きたい!」

楽しそうに語るリンネの横で、母親であるリンゼが困ったような顔をしていた。まあ、そんなピクニック気分で言われても困るよな。

「あ、私も行きたいんだよ。久しぶりに魔獣相手に戦ってみたいんだよ。腕が鈍《にぶ》るんだよ」

フレイがリンネに迎合《げいごう》して手を挙げた。ぬう。お姉さんなら止めるべきじゃないのか?

僕は近くの席に座るクーンに声をかける。

「未来《むこう》ではそんなに魔獣を倒してたのか?」

「現在《ここ》とは違《ちが》い、未来《むこう》では巨獣《きょじゅう》も多く出ましたし、それにつられるように他国では魔獣による集団暴走《スタンピード》もよくありました。リンネやフレイお姉様は、八雲お姉様と一緒によく【ゲート】で国外へ行ってましたので……」

なるほど。巨獣が現れると魔獣たちが山や森から追いやられ、人の住む場所へ下りてくることがある。それを狩っていたわけか。

確かにギルドマスターのレリシャさんに聞いた話だと、最近討伐依頼《とうばついらい》が多くなっていると聞いたな。

世界融合《ゆうごう》によってできた魔素溜《まそだ》まりによる、魔獣増加が原因なんだろう。

そういった意味では魔獣討伐は世のため人のためになることではあるのだが。

僕はリンネの母親であるリンゼに話を向けてみた。

「どう思う?」

「リンネの実力からすれば、よほどの相手でなければ後《おく》れをとることはないと思います。ですけど、数で押《お》されたり、初めての魔獣相手だと怪我《けが》をする恐《おそ》れも……。さすがに一人では行かせられません」

「なら、あたしもついていこうか?」

朝食の席に現れたのは狩奈《かりな》姉さんだった。空いている席に座り、皿に盛られていた果物をひとつ手に取る。

「狩りならあたしに任せときなよ。どんな獲物《えもの》だってうまく狩るコツを教えてやるさね」

いや、そりゃあなた狩猟《しゅりょう》神だし。文字通り狩りの神様だし。

ちなみに行きたい人は？　と聞くと、リンネとフレイが手を挙げた。エルナは一緒に行こうというリンネの誘《さそ》いを躊躇《ためら》いがちに断り、クーンとアーシアは興味なさそうだった。

いや、アーシアは食べられるお肉を持って帰ってきてと言ってはいたが。

それとリンネがアリスも誘いたいって言ってきた。ああ、誘わなかったらあとで拗《す》ねそうだな……。

もちろん行くとしたら僕も付いていくつもりだ。向こうの領土でとんでもないことをされても困るしな。これもひとつの家族サービス……なんだろうか。

「で、リンネはなにを狩りたいんさね？」

「ドラゴン！」

あのな。ドラゴン、竜《りゅう》は一応お父さんの召喚獣《しょうかんじゅう》、瑠璃《るり》の眷属なんだが。ほら、向こうでご飯を食べてた瑠璃が『えっ？』って焦《あせ》った顔してこっちを見てる。

「でも意思の疎通《そつう》ができない亜竜《ありゅう》や、掟《おきて》を破ったはぐれ竜とかは狩ってもいいんでしょ？」

「よく知っていらっしゃる……」

確かにそれなら狩っても問題はない。あと魔獣寄りに進化した魔竜《まりゅう》とかならな。

瑠璃をこちらに呼んで話を聞いてもらう。

『大樹海の聖域近くならば、亜竜は多いと思います。しかし強さで言うなら魔竜の方が期待に添《そ》えるかと』

「魔竜か」

魔竜は竜から枝分かれした種である。亜竜とは違い、竜の流れを汲《く》んでいるので戦闘《せんとう》能力は高いが、意思の疎通はできない。身も蓋《ふた》もない言い方をすれば、戦闘力《せんとうりょく》だけは本物の竜並みの亜竜という感じか。

特殊《とくしゅ》な種が多く、僕も毒竜《ヒドラ》と戦ったことがある。切っても切っても再生する九つの首をもつ厄介なやつだった。

確かに強さだけならリンネの要望に応えられるだろうけど、トリッキーな個体が多いからなぁ……。

スマホを取り出して魔竜を検索《けんさく》してみる。世界中にけっこういるなあ。とりあえず大樹海で絞《しぼ》り込んでみると、十匹《ぴき》ほどいるようだった。

「狩るとしたらこの辺りかな……。何匹《なんびき》か固まっているし、部族の集落が近いから早めに退治しておかないと危険だし」

大樹海の部族長であるパムに連絡《れんらく》しないとなあ。騒《さわ》ぎになっても困るし。なにか手土産でも持っていくか。

ちらりとリンネを見ると、もう行く気満々の顔で僕の返事を待っている。これでダメだと言えたら気が楽なんだけどなあ。

リンネたちはいつか未来へと帰ってしまう。それまでに僕たちといろんな思い出を作ってほしいと思う。このこともそのうちのひとつになればいいのかな。

「じゃあ……行くか」

「やったあ！」

リンネが飛び上がって喜ぶ。フレイも諸手《もろて》を挙げて喜んでいた。こんなに喜んでもらえるなら狩りも悪くはないかなと思う。願わくばもっと女の子らしい趣味《しゅみ》にしてほしかったけど。

今度の休みは子供たちと魔竜退治だー、って、家族サービスになるのか、これ？

◇　◇　◇

魔竜討伐《まりゆうとうばつ》と簡単に言うが、本来はそんな軽い話ではない。場合によっては国を挙げて討《とう》伐《ばつ》隊を編制するほどのことなのである。

亜竜よりも戦闘能力が高く、竜と違い話も通じない。さらには固有の能力を持っていたりする。

唯一《ゆいいつ》救いはあまり人里には下りてこないというところか。しかし魔竜が下りてこないというだけで、そこにいるだけで他の魔獣が追いやられるように人里に下りてきたり、僕の倒した毒竜《ヒドラ》のように、毒の霧《きり》などを発生させ、作物を弱らせるなどの被害《ひがい》も出たりする。

とにかく厄介《やっかい》な竜なのだ。それを狩ろうってんだから、本来ならもっと緊張感《きんちょう》を持って事に当たるべき……なのだが。

「あーっ！　それボクが先に見つけたのにぃ！」

「早い者勝ちだもーん」

「二人とももっと丁寧《ていねい》に倒すんだよ。素材の価値が下がるんだよ」

現れた魔獣を片《かた》っ端《ぱし》から狩っていくアリスとリンネ。そしてその魔獣を【ストレージ】で回収するフレイ。

とてもこれから魔竜を退治しに行く雰囲気《ふんいき》ではない。

大樹海の密林《ジャングル》の中で、わいわいと僕ら一行は魔竜の巣へと向かっていた。

「おとーさーん。あとどのぐらいー？」

「んー？　もうちょい先かな。川を越《こ》えたらすぐの場所だね」

僕がスマホで確認しながら答えると、リンネは気合いを入れてジャングルを進み始めた。

それを見たエンデがため息とともに口を開く。

「子供たちは元気だね……」

「しっかりおしよ。大人がそれじゃ手本にならないさね」

子供たちは、フレイ、リンネ、アリス、の三人。大人たちは、僕に狩奈姉さん、そしてエンデの三人だ。

実を言うと母親であるリンゼ、ヒルダ、メル、ネイ、リセの五人も来たがったのだが、リンゼとヒルダは用があり、メルたちはアリスが嫌《いや》がったのだ。

もちろん三人をアリスが嫌っているというわけじゃない。アリスが嫌がったのはネイとリセの過保護さにある。魔竜とアリスが戦っている時にネイたちが黙《だま》っていられないであろうことは誰にでもわかることだった。

場合によってはアリスたちの目的である魔竜を、ネイたちが倒してしまうかもしれない。それはさすがに興醒《きょうざ》めだ。

本当はエンデにも付いてきて欲しくなかったようだが、なんとか頼《たの》み込んでＯＫにしてもらった。ただし、魔竜との戦いには絶対に手を出さないという条件でだ。これは僕も約束させられた。

まあもちろん、エンデも僕も、子供たちがピンチになったら割り込む気満々ですが。

約束？　確かに『エンデはアリス』と、『僕はフレイとリンネ』に絶対に狩りの邪魔をしないと約束したが、『僕がアリス』を、『エンデがフレイとリンネ』を助けないとは約束してないからね。

甘《あま》いなキッズたち。大人はズルいものなのさ。

ま、僕もまだ未成年だけど。地球ではだが。

『ブルボァッ！』

突然《とつぜん》密林の中から大きな猪《いのしし》が現れた。黒光りする毛皮に槍《やり》のようにまっすぐ突《つ》き出た長い牙《きば》。

三メートル以上はあるであろうその猪が首を振《ふ》ると、その牙により周りの木々が簡単に切断される。

牙というよりは刃物《はもの》だな。

「ブレードボアか。赤ランクレベルの魔獣だね」

エンデが猪を見て説明してくれた。ブレードボアね。初めて見るな。

赤ランクといえばギルドでも指名依頼が出るほどの強敵だ。その魔獣の前でうちの子とその友達は呑気《のんき》にじゃんけんをしている。気が抜けるなァ……。

「やったあ！　ボクの勝ちー！」

じゃんけんで勝ったらしいアリスが拳《こぶし》を突き上げる。負けた二人はぶつぶつ言いながらもその場から退いた。

え、一人でやるの？

「さ、こーい！」

『ブルァア！』

ブレードボアが突撃槍《ランス》を構えた騎士《きし》のようにまっすぐにアリスへ向けて突っ込む。

それに対してアリスは動じることなく、小さく身体を左右に揺《ゆ》らしていた。

まるで車がぶつかるように、ブレードボアの巨体《きょたい》がアリスを轢《ひ》き殺そうと切迫《せっぱく》する。

「【晶輝切断《プリズマギロチン》】！」

アリスの右腕《みぎうで》に水晶《すいしょう》のようなものが集まっていき、大きな鉈《なた》の形を作り上げていく。

無造作に切り下ろした『それ』は、ブレードボアを真正面から真っ二つに切り裂《さ》き、その場で『ひらき』になった。

「あーあー……」

「毛皮が台無しさね」

エンデと狩奈姉さんが小さくつぶやく。アリスはどうも大雑把だ。倒せりゃいいじゃん的な行動をとることが多い。

「フレイおねーちゃん、これしまっといて。今度アーちゃんに料理してもらうから」

「いいけど……。アリス、返り血浴びてるんだよ。お父様、綺麗《きれい》にしてやって」

フレイが【ストレージ】にブレードボアを収納しながら、僕に頼み込んでくる。

確かにアリスはブレードボアの返り血を浴びて、ところどころ血が付いてしまっている。ちょっと引く光景だよな……。

アリスに【クリーン】をかけてやると、返り血が消え去り、元通り綺麗な姿になった。

「この実力なら魔竜も大丈夫そうだな」

「甘くみるんじゃないよ。竜と魔獣じゃ強さが違う。しかも魔竜はしぶとく狡猾《こうかつ》な奴《やつ》が多いからね。どんな隠《かく》し球《だま》を持っているかわかったもんじゃない」

確かに狩奈姉さんが言う通り、僕が倒した毒竜《ヒドラ》もかなりしぶとかった。油断は禁物か。

密林を進むとやがて大きな川に出た。【ゲート】を開き、向こう岸まで転移する。

そのまま真っ直ぐ進むと次第《しだい》に森がゴツゴツとした岩肌《いわはだ》をさらけ出し、岩山の様相を見せ始めた。

歩きにくい岩山をひょいひょいと軽く登っていくリンネたち。あんまり先に行くなって。

お？

「……聞こえたか？」

「聞こえた。近いね」

隣《となり》を歩くエンデに確認する。竜の咆哮《ほうこう》がわずかにだが聞こえた。向こうはこっちをすでに把《は》握《あく》している可能性があるな。

僕はスマホを取り出し、魔竜の現在位置を探《さぐ》る。おっ、こっちに向かって来ているぞ。

「みんな待った。向こうさんが僕らのところへ飛んできているみたいだ。戦いやすい開けたところへ移動しよう」

「了解《りょうかい》だよ。リンネ、アリス、あっちの方が見通しがいいからそこにするんだよ」

「わかった」

「はーい」

フレイの指示に従い、二人はなだらかな斜面《しゃめん》で、障害物の少ない場所に陣取《じんど》った。

リンネとアリスは手甲《てっこう》を、フレイは槍を装備し、戦う準備を整える。

「いい？　おとーさんたちは見てるだけだからね！　余計なことも言っちゃダメ！」

「わかったわかった」

まあ、本当に危ないときは手も口も出すけどな。僕らは辺りにある転がっている岩の中で、一番大きなやつの上に座り込んだ。

まったく……これじゃ運動会を応援《おうえん》に来た保護者と同じじゃないか。ああ、後でみんなに見せるために動画でも撮《と》っとこう。

僕がそう考えていると、隣のエンデもいそいそとスマホを取り出し始めた。どうやら考えることは同じらしい。

「お、そろそろお出ましかな？」

遠くからバッサバッサと翼《つばさ》をはためかす音が聞こえる。だんだんとその音が大きくなり、やがて視界の中に一匹の竜を捉《とら》えた。

色は黒く大きさはかなりデカい。四つ足で、背中から生えた蝙蝠《こうもり》のような翼で飛行している。

大きな角に、後頭部から尻尾《しっぽ》にかけて赤い背ビレが走っている。尻尾は長く、その先はオナモミの実のように刺《とげ》が突き出ていた。

目は赤く血走っており、どう見ても友好的な雰囲気ではない。自分のテリトリーへと踏《ふ》み込んできた部外者を、無残に排除《はいじょ》しようという気迫《きはく》が感じられる。ま、当たり前か。

「見たことない竜だな。魔竜なのは間違《まちが》いなさそうだけど……」

「あれはニーズヘッグだね。人間の死体を喰《く》うのが大好きな人喰《ひとく》い竜だよ」

僕の疑問に狩奈姉さんが答えてくれた。ニーズヘッグ……人喰い竜ね。なんとも喜ばしくない相手だな。

『ゴガアアァァァァッ！』

ニーズヘッグが天高く吼《ほ》える。それは怒《いか》りというよりも、獲物を見つけた喜びの咆哮のように僕の耳には聞こえた。

「よし、じゃあいくんだよ！」

身《み》の丈《たけ》にまったく合わない長い槍を持ったフレイが、ニーズヘッグへ向けてその槍を投《とう》擲《てき》する。

飛んできた槍をニーズヘッグはひょいと軽く横移動して避《よ》けた。

「甘いんだよ」

フレイがサッと手を振ると、投擲した槍が空中で静止し、引き戻《もど》される。よく見るとその槍は石突《いしづ》きなどがなく、両端《りようたん》とも穂先《ほさき》になっていた。

引き戻された槍は、軌道《きどう》を変えてニーズヘッグの翼を突き破《やぶ》る。

『ギギャッ!?』

「もらいっ！」

蝙蝠のような飛膜を破られ、ニーズヘッグがバランスを崩《くず》す。そのタイミングで【シールド】を足場にしたリンネが、階段を二段飛びで駆《か》け上がるように空中に飛び出していく。

「りゃっ！」

『グガァ⁉』

両手を組み合わせるように振り下ろしたリンネの一撃《いちげき》が、ニーズヘッグの翼の根本に炸《さく》裂《れつ》する。

完全にバランスを崩したニーズヘッグがリンネと一緒に地面に落下して、岩肌に叩きつけられた。

「【晶輝切断《プリズマギロチン》】！」

狙《ねら》ったようなタイミングでアリスの水晶の鉈《なた》が振り下ろされる。それはニーズヘッグの飛膜をズタズタに切り裂いて、飛べなくさせるための攻撃《こうげき》であった。

「今のところ基本通りに攻《せ》めているな」

三人の戦いを眺《なが》めていた僕《ぼく》がつぶやくと、隣のエンデも小さく頷いた。

「まずは飛べなくさせる。そこらへんはワイバーンと同じだからね」

岩場に落ちたニーズヘッグはその鎌首《かまくび》をもたげ、大きく口を開いた。む、あれは……。

ゴバアッ！　と、ニーズヘッグの開いた口から火炎《かえん》放射器のように炎《ほのお》が吹《ふ》き出した。フファイアブレスか。

「よっと」

フレイが両手から槍を【ストレージ】の中へと消し去り、代わりに大きな青白い盾《たて》を取り出した。

構えた大盾にニーズヘッグが吐《は》き出したファイアブレスがぶち当たる。

浴びせられた炎は盾に触《ふ》れると左右に分かれ、フレイを避けるように分断された。ありゃ、なんかの魔道具《アーティファクト》だな……。

「せいっ！」

『ゴブウッ⁉』

炎を吐き続けるニーズヘッグの横《よこ》っ面《つら》に、ガントレットをしたリンネの拳が炸裂する。

うおう、痛そう。

『ガアアアァァアァッ！』

リンネへ向けてニーズヘッグが再び口を開く。今度は連続した火炎弾《かえんだん》が立て続けに放たれた。

リンネはそれを素早《すばや》く躱《かわ》し、岩場に当たった火炎弾が岩を砕《くだ》いて弾《はじ》け飛ぶ。爆散した岩の破片《はへん》が辺りに雨霰《あめあられ》と降り注いだ。

「うわっと！」

鞭《むち》のように振るわれた尻尾が後方にいたアリスへと襲《おそ》いかかる。地面へ伏《ふ》せるようにして躱したアリスが、尻尾の射程圏外《しやていけんがい》へと逃《に》げた。

青白い盾を収納し、今度は大きなバトルアックスを【ストレージ】から取り出したフレイがニーズヘッグへ向かおうとするが、それを察した魔竜は再び連弾《れんだん》を放ち、相手を近寄らせない。

「んん？　なんかあの竜、色が変わってきてないか？」

「そういえば……」

さっきまで漆黒《しっこく》といってもいいほど黒光りしていた鱗《うろこ》に赤みがさしている。やがてそれは赤黒い色からオレンジを含《ふく》んだ発光色となり、やがて全身が溶岩《ようがん》のような熱を発する色へと変化していた。

『ガァッ！』

ガチンっと、ニーズヘッグが歯を打ち鳴らすと、火花が飛び散り、その種火が瞬《また》く間《ま》に全身に炎を走らせていった。

『グルガルガアアァァァァァッ！』

全身に炎を纏《まと》わせて、ニーズヘッグが天に向けて吼える。ものすごい熱気がここまで伝わってきた。

「さて、火炎竜《かえんりゆう》ニーズヘッグにあの子らはどう立ち向かうか見ものさね」

燃《も》え盛《さか》る魔竜を見て、狩奈姉さんがつぶやく。うーむ、こう来たか。

あの炎のせいで近寄り難《にく》くなってしまったな。エルナやクーンがいたのなら水や氷系の魔《ま》法《ほう》でなんとかなったかもしれないが。

「あっつーい！　フレイおねーちゃん、なんとかしてー！」

「なんとかしてって言われても、さすがにこれはキツいんだよ！」

リンネからの要望にニーズヘッグの爪《つめ》を避けながらフレイが答える。

「ええと、水氷系の武器でなんかいいのあったっけ……」

【ストレージ】からあれでもない、これでもないと様々な武器を取り出しては引っ込めるフレイ。いつも使う武器は整理していても、あまり使わない武器は乱雑に収納してたのか？

おいおい、戦闘中にそんなことしていると……。

『ゴガアッ！』

「わっ⁉」

再び振り下ろされた燃え盛る爪を跳《は》ねるように避けるフレイ。連続して繰《く》り出される爪をギリギリで躱す姿にこっちがハラハラしてくる。

「哈《ハ》ッ！」

『ガフッ⁉』

ニーズヘッグの動きが一瞬《いっしゅん》止まる。リンネが土手っ腹に発勁《はっけい》による気弾《きだん》を撃《う》ち込んだのだ。

『ガアッ！』

「とっ！」

フレイから注意を引きつけたリンネにニーズヘッグの口から炎弾《えんだん》が放たれる。【シールド】を足場にしたリンネは、空中を駆け上がってそれを避けた。

「あった！『氷結剣《けん》アイスブリンガー』！」

フレイが晶剣《しょうけん》のような刀身が透《す》き通った一本の剣を掲《かか》げた。ここから見てもその剣から凄《すさ》まじい冷気が放たれていることがわかる。

「この剣はエルフラウ王国にある永久氷壁《ひょうへき》から削《けず》り出した魔氷で作られた剣なんだよ！五百年前エルフの魔剣士《まけんし》であるクレイドルストンがこれを使って、魔獣ヴォーカランブルを……」

「説明はいいから、早くなんとかしてー！」

アリスが炎弾を吐きまくるニーズヘッグから逃げながら、フレイに怒鳴《どな》る。

フレイが氷の剣を振り翳《かざ》し、ニーズヘッグへ向けてその剣先《けんさき》を向ける。

「【氷結《フリージング》】！」

大気に漂《ただよ》っていた氷の粒《つぶ》がニーズヘッグにまとわりつき、その身体を冷やしていく。魔竜を覆《おお》っていた炎の勢いが弱まり、体表の色が黒っぽく戻っていった。

しかしそれも一時的なようで、バフッ、バフッと再びひび割れた岩のような体表から炎が噴《ふ》き出し始めていた。

「あんまり持たないから今のうちにやるんだよ！」

「わかった！【薔薇晶棘《プリズマローズ》】！」

アリスが右手から水晶でできた薔薇《ばら》の蔓《つる》を作り上げる。

「【晶輝切断《プリズマギロチン》】！」

その薔薇の蔓の先に大きな鉈《なた》を出現させた彼女《かのじょ》は、遠心力を利用してまるで鞭のようにそれをニーズヘッグの尻尾に振り下ろした。

『ギュアアアアァァァ⁉』

ズドン！　と、ニーズヘッグの太い尻尾が切り落とされる。バランスを崩して魔竜が前のめりに倒れ、頭から地面に倒れた。

その倒れた巨体へと今度はリンネが矢のように飛び込んでいく。【シールド】を階段のように使って上空へと駆け上がっていき、最頂点でくるりと身体を一回転させると、魔竜めがけてその足先を向けた。

「りゅうせいきゃくーっ！」

『ガファァ⁉』

加重魔法《グラビティ》により重さが増加されたリンネのキックがニーズヘッグの背中に決まる。ボキリと嫌な音がしたな。折れたか？

「これで終わりだよ！」

『ゴフッ……』

いつの間にかニーズヘッグに切迫していたフレイがその頭にアイスブリンガーを突き立てた。たちまち炎の魔竜は頭から凍結《とうけつ》し始め、瞬く間に全身が氷漬けになってしまった。

「とどめーっ！」

「あっ、リンネ待つんだよ！」

フレイが止める間もなく、リンネの渾身《こんしん》の一撃が凍《こお》り付いたニーズヘッグの脇腹《わきばら》に炸裂する。

穿《うが》たれた場所から蜘蛛《くも》の巣のように亀裂《きれつ》が走り、重さに耐《た》えられなかったニーズヘッグの巨体がまるでフレイズを倒した時のように、バラバラに砕けて崩れ落ちた。

「あーあー……」

「やると思ったさ」

ニーズヘッグが崩れ落ちると同時に、エンデと狩奈姉さんからそんな声が漏《も》れた。来る時の反省を全く活《い》かせてない。貴重な竜の素材が台無しだ。もう冷凍肉《れいとうにく》としての価値しかない。いや、切り落とした尻尾は多少なりとも素材が取れるかな。

まあ、素材を売ることじゃなく、狩り自体が目的なんだから、そこまで目くじら立てることもないんだが……。

「凍らせるんじゃなかったよ……」

「い、いいじゃん、倒《たお》したんだから！」

「ボクもトドメ刺《さ》したかったなー」

フレイがぶつくさと愚痴《ぐち》を言いながら、地面に【ストレージ】を開き、砕けた魔竜の破片と尻尾を回収する。冷凍肉なら解凍《かいとう》すれば食べられるかな。

竜肉は総じて美味《うま》いが、魔竜はどうなんだろう？　毒竜《ヒドラ》は毒があってダメだったけど。

「おとーさーん！　つぎー！　次の魔竜どこー！」

「いやいや、ちょっと待ちなさい。ここらで一回休憩《きゅうけい》を挟《はさ》もうよ。みんなでルーとアーシアの作ってくれたお弁当を食べよう」

変に調子に乗られて怪我されるのも困るからな。ここらで一旦《いったん》クールダウンといこうや。

【ストレージ】から椅子《いす》を数人分、それに大テーブルを取り出して設置する。その上にルーとアーシアお手製のお弁当、重箱四段重ねを広げた。

「うわっ、美味《おい》しそう！」

一段目にはおにぎりがぎっしりと詰《つ》められている。二段目には唐揚《からあ》げ、エビフライ、コロッケ、フライドチキンなど揚げ物が、三段目には玉子焼き、ウインナー、ハンバーグ、ミートボール、プチトマトなどが、そして四段目にはカットされたフルーツが入っていた。

確かに美味そうだけど、子供が好きそうなものが多いな。

「「「いっただきまーす！」」」

子供たち三人は僕の出した水球で手を洗うと、さっそくおにぎりを片手に食べだした。早いなあ。

じゃあ僕らもいただくとするか。

重箱からおにぎりをひとつ取り出して食べる。うん、塩がきいてて美味い。中身はツナマヨか。

「んう〜っ!?　う、これ梅干しだった……。お父さんにあげる……」

「えっ!?　いや、まあ、いいけど……」

アリスがエンデに食べかけのおにぎりを渡《わた》す。アリスは梅干しが苦手か。やっぱりそんなところはお子さまなんだな。

そんなエンデの姿に苦笑《くしょう》していると、隣にいたリンネがにゅっと僕におにぎりを差し出してきた。食べかけの。

「おとーさん、食べて」

「君もかい……」

梅干し入りのおにぎりを渡された僕は、仕方なしにそれを頬張《ほおば》る。すっぱ……！　イーシェンの梅干しはかなりすっぱいんだよなぁ。

僕らが時間をかけてゆっくりとお弁当を食べていると、なにやら森の中が騒がしいことに気がついた。

「なんだ……？」

鳥の羽ばたく音、猿《さる》かなにかの甲高《かんだか》い吠《ほ》え声、そして遠くから聞こえる地響《じひび》きのような音……。おいおい、まさかこれって……！

僕はスマホを取り出して、周囲の魔獣を検索する。画面には真っ赤になったピンの波が、こちらへ向かって押し寄せてくるのが映し出されていた。

「集団暴走《スタンピード》……！」

◇　◇　◇

魔獣たちが我を失い、集団となって暴走する、いわば魔獣たちの津波《つなみ》。

集団暴走《スタンピード》。

いや、魔獣だけではない。動物たちも一緒《いっしょ》くたになって暴走している。

もうじきここまで押し寄せてくるだろう。

さて、どうするか。自分たちの身の安全を考えるならこのまま【ゲート】で帰ってしまえばいい。

しかし運の悪いことに、獣《けもの》たちの津波の先には大樹海に住む部族の集落がある。

この集落があるから、今回僕らはその近くに住む魔竜を討伐しようと決めたわけだし。

この勢いだと集落の前で止まるとは思えないな……。

「どうする?」

「放っておくわけにもいかないだろ」

エンデにそう返して、スマホをしまう。大樹海の部族長であるパムだって困るだろうし。

「魔獣いっぱい倒すの⁉　あたしも参加したい！」

「あっ、ボクも！　ねぇ、陛下！　ボクも参加させて！」

「倒しません。そんなに乱獲《らんかく》したら生態系が狂《くる》うでしょうが」

「「ええー……」」

リンネとアリスがブーブー言っているが、無闇《むやみ》に殺すわけにもいかない。魔獣《まじゅう》だってそこに住む人たちの食料にもなるのだ。僕らが勝手に乱獲していいもんでもないだろ。

「というわけで、とりあえずは防御壁《ぼうぎょへき》を、と。【土よ来たれ、土塁《どるい》の防壁《ぼうへき》、アースウォール】」

僕はスタンピードがやってくる正面に長さ数キロに亘《わた》る分厚い石の防壁を作り上げた。高さは二十メートルほどにしておく。ドラゴンの突進《とっしん》をも止められる万里《ばんり》の長城だ。これでひとまず安心だろう。

「相変わらずむちゃくちゃだなあ、冬夜《とうや》は……」

エンデが呆《あき》れたような声を漏らす。スタンピードがおさまったら後で消しとくから別にいいだろ。

「でもこのままだと壁《かべ》に次々と押し寄せて、先頭の魔獣が押し潰《つぶ》されないかい？」

「大丈夫《だいじょうぶ》。壁にぶつかったら【ゲート】で二十キロ後方へ転移されるようにしておいたから」

走り続ける限り、延々とループするのだ。体力がなくなれば落ち着くだろう。

というか、なんでスタンピードが起きたんだろう？　スタンピードが起こる理由としては、天変地異の前触《まえぶ》れとかだが。

しかしこのあたりに活火山とかはないし、地震《じしん》とかなら大地の精霊《せいれい》が教えてくれるはずだし。

結局は身の危険を感じてパニックになっているんだよな。魔獣たちが危機を感じるほどのなにかが現れた……？

僕たちは【ゲート】を使い、壁の上へと転移した。厚さも十メートル以上あるので落ちる心配はない。

壁の向こうから土煙《つちけむり》を上げて魔獣たちの群れがこちらへと向かっている。まるでなにかから逃げるように。

「なるほど。原因はあれかい」

「え？」

狩奈姉さんが果てしなく続く樹海の先を見るなりそう漏らした。

え、なにか見える？　揺れる木々と土煙がこちらに向かって来ているくらいしか見えないのだけれど。

「【ロングセンス】」

視力を上げて、スタンピードのその先のさらに先まで目を凝《こ》らす。

んん？　なんか……森の塊《かたまり》が揺れてるような……。あれっ、今チラッとなにかの頭のようなものが見えたぞ？

じーっと目を凝らしてよく見ると、それがなにかやっとわかった。

亀《かめ》だ。馬鹿でっかい亀がいる。背中に森を乗せた亀が。巨獣《きょじゅう》か⁉

「ザラタンさね。陸で見られるのは珍《めずら》しいよ。本来なら海にいる魔獣だからね。島と間違えて上陸したらザラタンの背中だった、なんて話があるくらいの馬鹿でかい亀の魔獣さ。ちなみにあれは巨獣じゃないよ。あれで普《ふ》通《つう》なのさ」

「あれで巨獣じゃないのか……」

いや、いくらなんでもデカすぎるだろ。何百メートルあるんだ、あれ。キロはいってないと思うが。

というか、あんなのが動き出したらそりゃ魔獣たちも逃げるよ。あれが原因でスタンピードが起きたのか。

「ザラタン自体はとてもおとなしい魔獣だよ。ただあの巨体だからね。周りはさぞ迷《めい》惑《わく》だろうねえ」

狩奈姉さんの説明に僕は少しだけ安堵《あんど》する。あれで攻撃的《こうげきてき》な亀だったら怖《こわ》いわ。

「おとーさん！　あれ、倒すの⁉」

「いや、倒すっていってもなあ……」

無邪気《むじゃき》に尋《たず》ねてくるリンネになんと答えたらいいのやら。あれ、デカさだけなら邪神《じゃしん》より大きくないか？　はたして倒せるのかどうか。さらに倒した後、その亡骸《なきがら》はどうすりゃいいのか。

「というか、今までなんでスタンピードが起こってなかったんだろう？」

「ザラタンは千年単位で冬眠《とうみん》することもあるからね。目覚めてみたら寝《ね》ていた間に背中に森ができちまってたんじゃないか？」

するとなにか？　あいつはここで何千年もずっと寝ていたのか？　そりゃまたずいぶんとねぼすけさんだな。

幸いなことにザラタンの動きは鈍《にぶ》い。しかし一歩一歩が大きいからそれなりのスピードはある。このままだとこっちまで来るな。

「なんでこっちに来てるのかな？」

「逃げた魔獣を食べに来てるんじゃない？」

「あー。起きたばっかりはお腹《なか》が減るんだよ」

子供たちが呑気にそんな話をしているが、はたしてそうなんだろうか。というかあの動きではろくに獲物《えもの》も獲《と》れまい。

僕と同じようにザラタンを眺めていたエンデが小さく声を漏らす。

「……ひょっとしたら、海に向かってるんじゃないかな……」

「海に？」

「うん。あいつ、本来は海にいる魔獣なんだろ？　海に戻ろうとしてるんじゃないの？」

なるほど。海か。確かにこの先の集落のさらに先には海があるけど。

ザラタン自体は海に戻ろうとしているだけなのか。その副産物としてスタンピードが起こってしまっただけで。

「なら海に帰してやるか」

「えぇ〜、倒さないのー？　久しぶりにフレームギアに乗れると思ったのにー」

「なんでもかんでも倒せばいいってもんじゃないの」

ブータレるリンネにそう言い聞かす。全部力尽《ちからず》くってのはお父さん感心しないぞ。まあ、僕もよくやるのであまり強くは言えないが。

「でも海に帰すってどうするのさ」

「なに、【ゲート】で海に転移させればいい」

あの動きのノロさならターゲットロックするのは難しくはないし、問題なく転移できるはずだ。ついでにぽっかりとあの辺りの木々がなくなってしまうけど、どのみちザラタンに押《お》し潰されているから問題ないと思う。

正確には海にではなく海岸に転移させるのだが。海に直接落としたら、あの巨体だ、津波でも起きかねんし。

「でもあの亀さんの上にも動物たちがまだいるんじゃないかなぁ。海に入ったら死んじゃうよ？」

う。

アリスの何気ない一言に僕は言葉に詰まる。それは、確かに。

スマホで検索《けんさく》してみると確かにザラタンの背中の森にまだいくらかの動物たちがいる。逃げ惑《まど》っているもの、じっと動かないもの、いろいろだが、ザラタンを海に戻せば間違いなく溺死《できし》してしまうだろう。

まずはこの動物たちを転移させないとダメか。

「ターゲットロック。ザラタンの背にいる動物全て」

『了解。………ターゲットロック完了《かんりょう》しましタ』

「【ゲート】」

スタンピードの方向とは違《ちが》う場所に全ての動物たちを転移させる。

揺れる地面から解放された動物たちは、危険から逃げるようにその場を去っていく。

「これでよし。あとはザラタンを海へ転移させれば――」

『グモオオォォォォッ……！』

突然、法螺貝《ほらがい》を何百倍にもしたような声が辺りに響《ひび》き渡る。なんだ⁉

見るとザラタンが空へ向けて雄叫《おたけ》びを上げている。先ほどより動きが激しくなり、大きな体を左右に揺らしながら暴れているのだ。

「いきなりどうしたんだ？」

「……よく見えないけど、足下《あしもと》になんかいるね。ザラタンが攻撃を受けているみたいだよ」

「攻撃⁉」

目を細めたエンデが答える。まさか樹海の民《たみ》が攻撃を？　いくらなんでも無謀《むぼう》な……！

「違う。樹海の民じゃない。あれは……ギガアントだ。ちっ、完全にザラタンを目の敵《かたき》にしてるよ」

ギガアント。確か群れを作り主に地下で生息する巨大《きょだい》な蟻《あり》の魔獣だったか。一度牙《たびきば》を剥《む》くと死ぬまで攻撃を続けるタチの悪い魔獣だ。

個体個体で共感能力があり、一匹《ぴき》に攻撃すると仲間を次々と呼び、集団で襲いかかってくる。

こいつらを相手にした時、生き延びるには殲滅《せんめつ》させるしか選択肢《せんたくし》はない。逃げてもどこまでも追ってくるからだ。

それがザラタンに牙を剥いている。おそらくその中の一匹をザラタンが踏み潰したかしたのだろう。すべてのギガアントが敵に回っている。

ギガアントの顎《あご》の力は強く、人間の胴体《どうたい》くらい簡単に引きちぎる。

さすがにザラタンはあの巨体であるから、そうそう食いちぎられはしないと思うが、数は暴力だ。

アマゾンに生息する軍隊アリは、動けない相手なら牛や馬なども食い殺してしまうとかいうしな。

あの様子からすると多少なりともザラタンは痛みを感じているのかもしれない。マズいな……。

いくらギガアントでもザラタンを倒すほどの力はないと思う。問題なのはそれによってザラタンが暴れることだ。スタンピードがますます加速してしまう。

「とりあえずザラタンを転移させよう」

僕はザラタンの足下に【ゲート】を開き、サンドラ地方の海岸へと送り込んだ。一緒に倒された森の木々やギガアントも【ゲート】に落ちる。転移先の海岸は人のいない場所だから大丈夫だと思うが、僕らも追いかけるように【ゲート】で転移した。

転移した先は岩場が広がる海岸で、すぐ目の前に海が広がっていた。森を背負ったザラタンが、ゆっくりとその海へと戻ろうとしている。

しかしその足下には幾千ものギガアントがまとわりつき、ザラタンに容赦《ようしゃ》のない攻撃を仕《し》掛《か》けていた。

足下は傷だらけで、ところどころ肉が抉《えぐ》れ、歩くたびに血が流れている。

「こらあっ！　亀さんをいじめるなあっ！」

その痛々しさに我慢《がまん》ならなかったのか、アリスがギガアントに向けて叫《さけ》ぶと、【薔薇晶棘《プリズマローズ》】を発現させて、鞭のようにしならせた。

「あ、アリスっ⁉」

エンデの声も虚《むな》しく、振《ふ》り下ろした【薔薇晶棘《プリズマローズ》】がザラタンに噛《か》み付くギガアントの一匹を打ち据《す》えて叩《たた》き落とす。

ギガアントは共感能力を持つ。一匹の痛みは全員の痛みとして受け取るのだ。ギガアントの視線がこちらへと向く。あ、これやばい。

ギチギチと嫌《いや》な音を立てて、ギガアントがこちらへと向かってくる。どうやら僕らも敵として認識《にんしき》されたようだ。

「ねえねえ、おとーさん！　こういう場合はやっつけてもいいいんだよね！　ね！」

「……やっつけても、いい」

「やった！　えーい！」

嬉々《きき》としてリンネがギガアントの横っ面をぶん殴《なぐ》る。どうしてこうなるのかなあ……。

「ふふふ。試《ため》し斬《ぎ》りをするんだよ！」

横を見るとフレイが両手に凶悪《きょうあく》そうな双剣《そうけん》を持ち、ギガアントの首を刎《は》ねていた。こっちもかい！

襲い来るアリの群れを次々と撃破《げきは》していく子供たち。

たまーに僕らの方にも来るが、それを横取るような形で子供らがギガアントを仕留めていく。どんだけ戦いたいの？

正直に言うと、僕が魔法を使えばすぐに殲滅することも難しくはないと思う。だけどあも嬉々として戦っているのを見ると、僕が殲滅なんかしたらブーイングの嵐《あらし》になりそうなんでやめておいた。

「なんだろう。元気なのは喜ばしいと思うんだけど……」

「ちょっと親としては複雑な心境だなあ……」

ギガアントを楽しそうに屠《ほふ》っていく子供たちを眺め、エンデとともにため息をつく。

決して乱暴者というわけではないし、戦闘狂《バトルマニア》というわけでもないと思うんだが。女の子としてはどうなんだろうと思うわけで。将来、お嫁《よめ》にいけるんだろうか。

…………いかなくてもいいか。

つまり問題ないってことだな。うん。

「ギガアントの外殻《がいかく》は素材として高く売れるよ。拾っときな」

「アッ、ハイ」

そんな馬鹿なことを考えていた僕のところへ、狩奈姉さんから声が飛んできた。言われるがままに、子供たちが倒したギガアントを【ストレージ】にしまっていく。

「【晶輝打鎚《プリズマハンマー》】！」

アリスが巨大な水晶《すいしょう》のハエたたきのようなもので、ギガアントたちをまとめてぺしゃんこにしている。アレはさすがに素材として使えないな。回収は諦《あきら》めよう。

そうしている間にもギガアントがどんどんと倒されていき、数が減っていく。

いつの間にかザラタンに噛み付いているギガアントはわずかとなり、ほとんどのギガアントは僕の【ストレージ】へと収納されてしまった。

ザラタンの前足が噛み付いていたギガアントごと海へと入る。あっちはもう大丈夫だろう。

「これで最後っ！」

リンネの蹴《け》りが炸裂し、砂浜《すなはま》に吹き飛ばされたギガアントが動かなくなる。砂浜には巨《きょ》大蟻《だいあり》が死屍《しし》累々《るいるい》と倒れていた。

海岸にはもうギガアントはいない。すでにザラタンは海中に全身を浸《つ》かっている。終わったか。

「面白《おもしろ》かったね！」

「亀さんも無事みたい」

「ふー、スッキリしたんだよ」

子供たちは『やりきった！』みたいな顔をしているが、僕とエンデは引きつった笑いを浮《う》かべるのみだった。子供たちが楽しんだなら、結果オーライ……なのだろうか。

「ザラタンが離《はな》れていく……。やっぱり海に帰りたかったのかな」

エンデが海に帰っていくザラタンを見ながらそんなことをつぶやく。まったくとんでもないヤツに遭遇《そうぐう》したもんだ。

「バイバーイ！　もう陸に上がったらダメだよー！」

子供たちが海岸から手を振ると、ザラタンは返事をするかのように一旦首を上げ、その後ゆっくりと海の中へと沈《しず》んでいった。

「行っちゃった」

「一旦大樹海に戻ろう。スタンピードがおさまったか確認《かくにん》しないと」

僕は子供たちを連れて、再び大樹海の壁の上へと転移した。

ザラタンがいなくなったからか、スタンピードは収束に向かっているように見える。今までは一直線にこちらへ向かっていた魔獣や動物たちが、てんでバラバラの方向へと向かっているしな。これなら壁を消しても大丈夫か。

僕は土魔法で作り上げた壁を消して、大樹海を元の姿に戻した。

「これでよし、と。ふう。とんでもない狩《か》りになったなあ……」

「でも面白かったよ！」

満面の笑《え》みでリンネが答える。……ま、それならいいか。

「よし、帰ろう」

僕が開いた【ゲート】の中へと子供たちが次々と入っていく。僕らもその後を追って、ブリュンヒルド城のサロンへと転移した。

ちょうどお茶会をしていたらしく、みんな揃《そろ》っていた。メルやネイ、リセの姿もある。

「お母さん、ただいま！」

「おお！　アリス、おかえり！　無事か⁉」

真っ先に飛び出していったアリスを立ち上がったネイがしっかりと受け止める。

「おかえりなさい、アリス」

「怪我《けが》してない？」

「大丈夫だよー」

メルやリセもアリスの下《もと》へと向かう。なんだかんだで心配だったんだろう。

視線を外すとその横ではリンネがリンゼに抱《だ》きつき、フレイがヒルダに頭を撫《な》でられていた。

なんか帰ってきたって気がするな。

「お疲《つか》れ様《さま》でした、冬夜さん。大丈夫でしたか？」

「いや、大丈夫というかなんというか……。まあ、無事に終わったよ」

労《ねぎら》いの言葉をかけてくるユミナになんと答えたらいいのかわからず、僕は苦笑で応えるしかなかった。

「冬夜様もお茶をどうですか？　狩奈様とエンデさんも」

そう言ってルーがティーセットを用意してくれる。そうだな、夕食まで少し一服したい。

『お父様のお茶は私《わたくし》が淹《い》れますわ！』『引っ込んでなさい！　これは私《わたくし》の仕事です！』とかいう母娘《おやこ》の会話はスルーしよう。

僕《ぼく》はソファーに腰掛《こしか》けて背もたれに身体をあずける。はぁー……。疲れた。

なんというか子供たちのパワーに振り回されっぱなしだった気がするな。

気だるい疲労《ひろう》感が僕を襲うが、リンゼやエルゼたちに魔竜《まりゅう》を倒したことや、ザラタンの話を一生懸命《いっしょうけんめい》に話すリンネたちの姿を見ると、全ての疲れが吹《ふ》き飛ぶ気もする。

……なんかいいよな、こういうの。

子供たちとお嫁さんたちが楽しそうに語り合うのをしみじみと眺《なが》めていた僕の目の前に、突然《とつぜん》何かが弾《はじ》けるように現れて、そのまま腹の上に落ちた。

「ぐふっ⁉」

「むにゅっ⁉」

変な声を上げたなにかが、僕のお腹の上からソファーへと横に転がる。

なにかじゃない。小さな女の子だ。いったいどこから……って、えっ⁉　まさか⁉

「とうさま！」

僕の顔を見るなり、その子はそう叫んで抱きついてきた。あー……やっぱり？

「ヨシノ⁉」

「ヨシノおねーちゃん！」

フレイとリンネが叫ぶ。ヨシノ。確か桜との娘だったか。なるほど、【テレポート】で転移してきたんだな。

六人目かあ。けっこうなハイペースで集まってくるな……。

とりあえず抱きついていたヨシノを離す。

桜譲《ゆず》りの薄紅色《うすべにいろ》の髪《かみ》だが、ふわっとしたショートで、前髪《まえがみ》は切りそろえられている。髪には小さな桜を象《かたど》ったヘアピンが留めてあった。

桜との子なら魔王《まおう》族のはずだが、角が見えない。髪に隠《かく》れているのかな？

確か歳《とし》はクーンより下でアーシアより上の九歳だっけか？　その割には少し小さいような。

裾《すそ》にレースがあしらわれたセーラー服のような襟《えり》がついた紺地《こんじ》のワンピースを着ている。セーラーワンピースって言うんだっけか？　よく似合っている。うん、かわいい。

「……あなたが、ヨシノ？」

「っ、かあさま！」

飲んでいた紅茶のカップを置いて立ち上がった桜を見つけると、ヨシノは僕から離れて桜の方へと飛んでいった。そのままがばっと桜に抱きつく。

桜の方はというと、なんと言ったらいいのか戸惑《とまど》っているように見える。

「その、お、おかえり、なさい？」

「ただいま！」

ヨシノが元気に答える。その周りに子供たちがわらわらと集まってきた。

「もー、いきなりびっくりするんだよ！」

「よく来たわね、ヨシノ」

「まったくヨシノお姉様は……」

「ヨシノお姉ちゃん！」

「ヨシノおねーちゃん、おそーい！」

わいわいと子供たちが騒《さわ》ぎ合う。えーっと、これで、次女フレイ、三女クーン、四女ヨシノ、五女アーシア、六女エルナ、七女リンネが揃ったのか。

改めて子沢山《こだくさん》なんだなあと実感する。お嫁さんが多い段階で当たり前といえば当たり前のことなんだけれど……。

「あっ!?　それどころじゃないんだった！　とうさま、お願い！　みんなを助けて！」

ヨシノがこちらを振り返り、必死な表情で伝えてくる。みんな？　みんなとは？

なにか一大事らしい。なんであろうと娘のお願いを無視などできようはずがない。

なにがなんだかよくわからないが、とにかく全部引き受けた！

◇　◇　◇

ヨシノがこの時代に転移した場所は、トリハラン神帝国《しんていこく》の山の中であったという。

その山の中で魔獣たちを狩り、素材を店に売って路銀を手に入れたヨシノは、【テレポート】を使っていろんな町をぶらついていたらしい。

もちろんスマホも持っていたし、姉妹《しまい》たちに連絡《れんらく》することも可能ではあったのだが、しばし過去の世界を見物したいという誘惑《ゆうわく》に勝てなかったようだ。

トリハラン神帝国からストレイン王国、聖王国アレント、パナシェス王国と、一日一国のペースで渡り歩き、とある島にたどり着いた。

場所はパナシェス王国とパルーフ王国の間、大小様々な島が浮かぶ海域にある、アロザ島という小さな島だった。

島の住民は気さくな人たちで、よそ者のヨシノにも親切にしてくれたそうだ。

その島に突然、異変が起きた。海から得体の知れぬ怪物《かいぶつ》たちが現れ、村人たちを襲《おそ》ったのだ。

ヨシノの話によると、その怪物は全身が青い鱗《うろこ》で覆《おお》われ、背ビレと水掻《みずか》きがあり、ギョロッとした目玉にギザギザとした歯を持つ半魚人であったという。

全部で十体ほどの半魚人は次々と村人たちに襲いかかり、その鋭《するど》い牙《きば》を突《つ》き立てていった。

ヨシノが気付いた時にはかなりの犠牲者《ぎせいしゃ》が出ていたという。半魚人たちはヨシノが数体を倒すとすぐに海へと引き上げていった。

幸い村人たちに死者はなかった。しかし怪我人《けがにん》が多く、さらに半魚人に噛まれた人たちが全員高熱を出して倒れ、身体が変異し始めているという。

「変異？　それはどんな風に？」

「噛まれた腕《うで》の傷口から鱗のようなものが広がって……指の間には水掻きみたいなものまで出てきてる。まるで……」

「噛んだ半魚人になるみたいに？」

桜の言葉にヨシノがこくんと頷《うなず》く。

よく映画なんかではゾンビに噛まれるとゾンビになるというような設定があるが、こちら世界のゾンビはいわゆる『生きる死体《リビングデッド》』なので、そのような能力はない。死ぬことができない死体ってだけだ。

「身体が変異する……とは、どういうことでござろうか」

「いくつか仮定はできるけど……たぶん『呪《のろ》い』じゃないかしら」

八重の疑問にリーンがそう答える。

『呪い』か。闇《やみ》属性の古代魔法《まほう》でも『呪い』を付与《ふよ》することができるが、そういった特性を持つ魔獣や魔物《まもの》もいる。わかりやすいやつだとバジリスクとかコカトリス、カトブレパスなどの『石化』の能力を持つ魔獣だ。

たぶんこの半魚人もそれ系の魔物なんだろうけど……。

「同族化するような半魚人系の魔物なんていたか？」

「少なくともマーマンやマーフォークにはそんな能力はないわね。新大陸の方からの魔物なのかしら」

リーンの言うこともありえなくはない。二つの世界が融合《ゆうごう》したことで、お互《たが》いの世界にしかいなかった魔獣や魔物が出現してもおかしくはないのだ。

そしてそれは陸の魔物より、空を飛ぶ魔物や海に棲《す》む魔物の方が現れやすいだろう。

「とにかく村のみんなが危ないの！　状態異常ならとうさまの【リカバリー】で治せるよ

ね!?」

ヨシノが必死な顔でしがみついてくる。目には涙《なみだ》が光っていた。優《やさ》しい子だな。会ったばかりでそこまで親しいわけじゃないだろうに。

その状態異常が『呪い』なら【リカバリー】で解呪できるはずだ。娘の涙にゃ勝てんよ。

「よし、行こう。ヨシノ、正確な場所を教えてくれ」

「ありがとう！　とうさま！」

ヨシノが笑《え》顔《がお》になって抱きついてくる。その頭を桜が優しく撫でていた。桜の娘にしては喜《き》怒《ど》哀《あい》楽《らく》がはっきりしている子だな。ま、子供はこれくらいの方がいいけどさ。

僕たちを心配そうに見ていたエルナが、たたたっ、と駆《か》け寄ってくる。

「お、お父さん、私も！　私も行く！　私も【リカバリー】使えるよ！」

そうか、エルナも【リカバリー】を使えたんだった。

あまり子供たちを危険な場所には……と思ったが、今さらなにを、と考え直す。今日だって魔竜やらギガアントやらとやらかしたじゃないか。

僕らの子供たちはそんなヤワじゃない。

「よし、じゃあ頼《たの》むよ、エルナ」

「う、うん！　がんばる！」

「偉《えら》い！　さすがあたしの娘！」

ぐっ、と拳《こぶし》を握《にぎ》りしめたエルナを、背後から母親であるエルゼが抱き上げ、ぎゅーっ、と抱きしめる。

「あーもう、かわいいわー。娘かわいいー……」

「お、お母さん、ちょっと恥《は》ずかしいよ……」

エルナが助けを求めるような目でこちらを見てくる。ごめんな、それについてはお父さんも同意見なんだ。

ヨシノに現場であるアロザ島の正確な場所を教えてもらい、【テレポート】で僕らが先に跳《と》び、状況《じょうきょう》を確認してからみんなを【ゲート】で呼ぶことにした。

「よし、じゃあ行くよ」

「ん」

「わかった！」

ヨシノを中央に右手は桜、左手は僕と親子で手を繋《つな》ぐ。全員【テレポート】を使えるので手を繋ぐ必要はないんだけどね。ヨシノが繋いできたからこうなりました。

【テレポート】を発動する。一瞬《いっしゅん》にして周りの風景が変化し、僕ら三人は砂浜に着地した。

夕暮れ近いエメラルドグリーンの海は穏《おだ》やかに波を打ち、潮風が頬《ほお》を撫でる。南国のビーチさながらの風景がそこには広がっていた。

砂浜には高床式《たかゆかしき》の家々が並び、桟橋《さんばし》の先には水上コテージのようなものまで見える。タヒチかモルディブかと思うような風光明媚《ふうこうめいび》さだ。

「とうさま、かあさま、こっち！」

ヨシノが砂浜を駆け出す。

僕らもそれについていくと、ある高床式の家の中へとヨシノは入っていった。

部屋の中では四十過ぎほどの黒髪《くろかみ》の女性が、藁《わら》のような簡素なベッドに寝かされている。よく見ると右腕《みぎうで》に噛み付かれたような傷があり、肩《かた》から指先までびっしりと鈍く青色に光る鱗に覆われていた。

指と指の間には水掻きのようなものまで見える。ヨシノの言う通り半魚人化しつつあるようだ。

「マウおばさん！　とうさまを連れてきたよ！」

「なんだい……。逃《に》げなって言ったのに……。仕方ない子だねえ……」

マウおばさんと呼ばれた女性は、脂汗《あぶらあせ》の浮かぶ苦しそうな顔に笑みを見せて、ヨシノを見遣《みや》る。意識はあるようだが、危ない状態だな。

「マウおばさんは私にご飯をくれて、親切にしてくれたの。とうさま、お願い！」

「任せとけ。ちょっと失礼しますよ。【リカバリー】！」

マウおばさんの腕に触《ふ》れ【リカバリー】を発動させると、びっしりと腕を覆っていたダークブルーの鱗が光とともにスーッと消え失《う》せていく。やはり呪いの類《たぐい》だったか。ついでに【メガヒール】と【リフレッシュ】もかけておこう。

苦しそうだった顔に血色が戻《もど》り、目を見開いたマウおばさんが起き上がる。

「どうですか？」

「腕が治ってる……。痛みもまったくないよ。すごいね、あんた……」

マウおばさんが元通りになった腕を見て驚《おどろ》きの表情を浮かべる。大丈夫なようだな。

「マウおばさん、もう痛くない？　大丈夫？」

「ああ、大丈夫だよ。ありがとうね。あんたが言った通りすごいお父さんだね」

マウおばさんがヨシノの頭を撫でる。にへーとヨシノが猫《ねこ》のような笑みを浮かべた。

マウおばさんはもう大丈夫だな。早く他の人も解呪しないと。

高床式の家から外へ出て、【ゲート】を開く。エルナを先頭に、城のサロンにいたみんながぞろぞろとアロザ島にやってきた。

「あれ、エンデまで来たのか？」

「アリスが行きたいってゴネてさ……」

みんなについてエンデファミリーまでやってきた。来てもらっても基本的に回復魔法とか持ってないとやることないかもしれないぞ？

「いいえ、体力を消耗《しょうもう》した皆《みな》さんの為《ため》に、美味《おい》しい食事を作りますわ。アーシア、皆さん、手伝って下さいまし」

「もちろんですわ！」

ルーとアーシアが気合いを入れている。なるほど、そういう方法もあるか。

【リカバリー】は状態異常を回復するものであるが、今回は呪いの進行度に個人差があるようなので、まとめてやるより一人一人解呪していった方がいいかもしれない。幸い僕以外の使い手もいるしな。

「よし、じゃあエルナ、手分けして【リカバリー】をかけていこう。回復魔法が使える人はそれ以外の怪我の手当てを」

「う、うん、わかった！」

エルナが力強く返事する。光属性である回復魔法を使えるのは、リンゼ、スゥ、リーン、エルナ、クーンの五人だ。

僕らは手分けして呪いを解き、倒《たお》れている人たちを回復していった。それ以外の者は、ルーとアーシアに従って土魔法でかまどを作り、調理を手伝っている。メルたちフレイズ組は海へと入り、魚を仕留めているようだった。

「よし、これで最後だ」

全員の解呪が終わり、僕が大きく息を吐《つ》いて砂浜に腰《こし》を下ろしていると、ヨシノがこっちこっちと袖《そで》を引っ張ってきた。え、なに？

引っ張られるままに桜とともについていくと、砂浜の一角に三匹ほどの半魚人が倒れていた。

体のあちこちが焼け焦《こ》げていて、すでに死んでいる。こいつらが襲ってきた半魚人か。

「これはヨシノがやったのか？」

「うん。私、火と風の属性持ちだから、合成魔法で倒したの」

火と風の属性か。確か桜は水と闇だったよな。そこはまったく違うんだな。しかし合成魔法を使ったって……。それけっこうレベルの高い古代魔法なんですけどね……。

「【テレポート】以外にも無属性魔法は持ってる？」

「持ってる。【アブソーブ】と【リフレクション】」

桜の質問にヨシノがそう返す。【テレポート】と合わせて三つ持ってるのかよ。

いや、クーンは【エンチャント】、【ミラージュ】、【モデリング】、【プログラム】の四つ、エルナも【マルチプル】、【ブースト】、【リカバリー】と、三つ持ってるけどさ。

しかも【アブソーブ】と【リフレクション】って、完全魔《ま》法防御《ほうぼうぎょ》だよな……。魔力《まりょく》を吸収して消滅《しょうめつ》させる【アブソーブ】に、魔法そのものを反射させる【リフレクション】。魔《ま》法使《ほうつか》いの天敵みたいなもんだろ……って、うわ、自分に返ってくる。

しかしやっぱり見たことのない魔物だな。マーマンともマーフォークとも違う。

新種の魔物か？　だけどなんだろう、この感覚は……待てよ、まさか。

『神眼』を発動させる。……くそっ、やっぱりか！

「とうさま？」

「【アポーツ】」

僕は半魚人の心臓近くにあったそれを【アポーツ】で引き寄せた。僕の手の中に野球ボール大の正八面体が収まる。

邪神の使徒とやらが操《あやつ》っていたツギハギゴレム。それにGキューブの代わりとして使われていた物とまったく同じ物が、この半魚人に埋《う》め込まれていた。

いや、正確には形は同じだが、色が違う。ゴレムに埋め込まれていた物は血のような赤だったが、こちらは深青色《ディープブルー》だ。しかし赤いやつと同じように邪神の神気をほのかにまとっている。

「それって……」

「どうやらこれは邪神の使徒とかいう迷惑なやつらの仕業《しわざ》らしい」

だけどやつらはなにが目的でこの島を襲ったんだ？

言ったらなんだけど、この島に特別価値があるとは思えない。いや、別にこの島を襲ったのではなく、無差別に襲ったのか？　ひょっとしたら他の場所にも同じような半魚人が？

こいつらを使い、呪いを振りまいて、いったいなにを……。

「てい」

「あいた⁉」

半魚人の前でしゃがみこみ、考え込んでいた僕の脳天に桜のチョップがかまされる。ちょっ、なかなかの鋭さ！

「子供の前で難しい顔しちゃダメ。考えても仕方のないこともある。なるようになる」

いや、まあ確かに現段階ではどうしようもないけどさ……。

唐突《とうとつ》に桜が歌い出す。え、なんで？　しかもこの曲って……。

「あ、この歌知ってる！」

ヨシノが歌う桜に寄り添《そ》うように歌い出す。先ほど桜が口にした言葉、『なるようになる』の意味持つ歌を。

1950年代にアメリカで公開された映画の主題歌で、歌い手はその映画の主演女優だ。日本でも翻訳《ほんやく》化されてヒットした。

歌詞に寄り添うように母娘である桜とヨシノの歌が島に響き渡《わた》る。驚いたことにヨシノも歌が上手《うま》かった。いやある意味、納得《なっとく》なんだけど。

回復した島の人たちが、流れる歌を聞いてなんだなんだと寄ってきた。

桜とヨシノの歌が波のさざめきをバックにして流れる。島の人たちは美しい歌の響きに酔《よ》いしれたかのように、身体を揺《ゆ》らしながら聞き惚《ほ》れていた。

歌が終わると誰《だれ》からともなく拍手《はくしゅ》が二人に贈《おく》られる。

桜はあまり表情を変えなかったが、ヨシノは照れたように母親の陰《かげ》に隠れた。

「食事ができましたよー！」

砂浜に土魔法で作られた石のテーブルに、ルーとアーシアが作った料理が所狭《ところせま》しと並ぶ。

こりゃまたずいぶんと作ったなあ……。

回復した島の人たちはルーたちにお礼を言いながら料理を受け取る。食事なんて作れる状況じゃなかっただろうからな。

僕はその光景を見ながら、横たわる半魚人たちを【ストレージ】へと収納した。

あとで博士と『研究所』のティカ、『錬金棟《れんきんとう》』のフローラにも見てもらおう。遺伝子レベルで調べればなにかわかるかもしれない。

邪神《じゃしん》の使徒とやらがなにをしようとしているのかはわからないが、うちの娘を泣かせた以上、ただで済むとは思うなよ。

◇ ◇ ◇

魔工国《まこうこく》アイゼンガルド。その南端《なんたん》に位置する交易都市ジークランは混迷《こんめい》の一途《いっと》を辿《たど》っていた。

かつてはガルディオ帝国との交易で賑《にぎ》わっていたこの都も、『流星雨の日』から本国と分断され、また、金花病を恐《おそ》れるガルディオ帝国とは距離《きょり》を置かれたことにより、世界から孤立《こりつ》していった。

都市全体がスラム街と化したその都に、怪《あや》しい薬がばら撒《ま》かれたのはいつのことだったか。金花病に罹患《りかん》せずにすむというその黄金薬は、聖樹をすり潰《つぶ》したものだという。人々はこぞってその薬を求めた。

だがこの薬は常習性のある恐ろしい『魔薬』であった。

その薬を摂取《せっしゅ》し続けた者は生気を失い、無気力な生ける屍《しかばね》になった。廃人《はいじん》状態になった彼《かれ》らはやがて衰弱《すいじゃく》して死に至る。

そしてごくわずかにだが、身体に変化が起こり始める者もいた。その変化は千差万別《せんさばんべつ》だったが、鱗のようなものが肌《はだ》にできたり、獣《けもの》のような爪《つめ》が伸《の》びてきたりと不気味で異常な変化であった。

それと同時に精神にも変化が起こる。正気を失い、異常なまでに薬に執着《しゅうちゃく》するようになる。理性を失い、暴力的になり、まるで魔獣《まじゅう》のようになってしまうのだ。

今現在、ジークランの路地裏に倒れているこの男も正気を失ったその一人である。

男は肉屋を営んでいた。客の一人から薬を勧《すす》められ、値段も高くはなかったので、保険にと試しに飲んでみたのだ。

初めはなにも感じなかった。しかし少しずつ、心が軽くなっていくこと気づく。薬を飲むと、嫌なこと、辛《つら》いこと、悲しいこと、そういった感情が和《やわ》らぎ、幸せな気持ちになれる。

男は薬を求めた。店を放り出し、町中を走り回って、薬を持つ者を探した。初めは金を払《はら》って手に入れていたが、やがて奪《うば》い取ることが普通《ふつう》になった。

薬を飲んでいるうちに身体に変化が起こる。一回り身体つきが大きくなり、まるでオークのような強靭《きょうじん》な肉体を手に入れていた。しかし男にとってはそんなことはどうでもよかった。

だんだんと薬が手に入らなくなったのである。男は極度の不安を抱《かか》え込むことになった。なにをしていても落ち着かず、イライラとした感情が顔を覗《のぞ》かせ、心がどんどんとさされていく。

攻撃的《こうげきてき》になり、少しでもムカつくことがあれば怒《いか》りをぶちまけた。周りの人間は彼を恐れ、すぐに離れていった。そうなれば落ちるところまで落ちるのは早かった。

勢いあまって相手を殺してしまった時も、なにも感じなくなっていた。彼にあるのは焦《しょう》燥《そう》と憎《にく》しみだけだった。

薬をよこさない周りの人間が憎い。薬のないこの町が憎い。薬を生み出さないこの世界が憎い。

そんな怨嗟《えんさ》の言葉を撒き散らしながら雨の降る路地裏のゴミ溜《た》めに倒れていた男。その前に二つの影《かげ》が現れた。

「こいつか。またハズレじゃなければいいが」

黒く丸いゴーグルに、カラスのような金属の仮面をした者が、肉屋の男を見下ろしながらつぶやく。腰にはメタリックレッドの細剣《レイピア》が光る。

「薬の濃度《のうど》を少し高くしました。それでまだ自我がある。掘《ほ》り出し物だと思いますよ」

鴉仮面《ペストマスク》の者に、隣《となり》に立つ球体の鉄仮面を被《かぶ》った者が答える。格子《こうし》がはめられた丸い覗き窓からはなにも見えない。こちらも腰の後ろに差したメタリックブルーの手斧《ハチェット》が怪しく光っていた。

肉屋の男が濁《にご》った目で男たちを睨《にら》み付ける。

「くす、り、よこせ……。くす、り」

「薬よりいいものをくれてやるよ」

ペストマスクの男が懐《ふところ》から拳銃《リボルバー》を取り出して、薬室《チャンバー》に黄金の銃弾《じゅうだん》を一発だけ装填《そうてん》し、目の前の男に狙《ねら》いをつけた。

躊躇《ためら》いなく引き金を引くと、銃声《じゅうせい》とともに弾丸《だんがん》が男の心臓を穿《うが》つ。

しかし不思議なことに血飛沫《ちしぶき》がひとつも上がらず、弾丸を撃《う》ち込まれた男は痙攣《けいれん》するばかりで死んではいなかった。

「ぐ、が、がが……！　うが、が……！」

「死ぬなよ？　また探すのは面倒《めんどう》だからな……っと、お？」

銃弾を撃ち込まれた肉屋の男の身体が変化していく。筋肉がさらに膨《ふく》れ上がり、全身の血管が浮かび上がった。目は裏返り、口からは声にならない声が漏《も》れ出す。

やがて苦しんでいた男は荒《あら》い呼吸を繰《く》り返してその場に倒れ込んだ。意識はないようだが、死んではいない。

「当たりか」

「新たな使徒の誕生ですね」

ごろりと倒れた肉屋の男を仰向《あおむ》けにすると、弾丸を撃ち込んだその胸には禍々《まがまが》しい紋様《もんよう》のようなものが浮き上がっていた。不気味な光を放つその紋様を埋め込まれた男は、雨に打たれながらゆらりと立ち上がる。

「よう。気分はどうだ」

「……わる、ぐない。おで、きぶん、いい」

虚《うつ》ろな目を空に向けたまま、筋肉がはち切れんばかりに盛り上がった男はそう答えた。

「おい、やっぱり薬が多すぎたんじゃないのか？　話し方がおかしいぞ？」

「特に問題はないでしょう？　それよりも……おっと、顕現《けんげん》するようですね」

「がっ⁉　ぐが、ご、がが！」

突然、肉屋の男が胸を仰《の》け反《ぞ》らせた。その胸部を突き破《やぶ》り、血飛沫とともに輝《かが》く棒のようなものが飛び出してくる。

震《ふる》える両手で男は自らの胸から生えたそれを掴《つか》み、ゆっくりと引き抜《ぬ》いていく。

「デカイな。大剣《たいけん》か？」

「いえ、それにしては……ああ、なるほど」

肉屋の男が血塗《ちまみ》れになりながら胸から引き抜いていくにつれ、『それ』の形が判明していった。

柄《え》の先は幅広《はばひろ》の鉈《ナタ》のような形状をした刃《やいば》。不気味なメタリックブラウンの巨大《きょだい》な肉切り包丁が男の胸から取り出された。

「それがお前の邪神器か」

「おで、きる。にく、きる」

メタリックブラウンに輝く巨大な肉切り包丁を手にした男は虚ろな目をしながらも口元を吊《つ》り上げる。

その後ジークランの都で多数の斬殺《ざんさつ》死体が見つかり、都はさらなる混迷と恐怖《きょうふ》に覆い尽《つ》くされていくのだった。

◇　◇　◇

――――時を同じくして、ところは北方、氷雪の国エルフラウ王国。

「しゃむい……」

雪原の中を歩く者が一人。あたりは吹雪《ふぶ》いてはいないが、雪原の中を歩くにはかなりの薄着《うすぎ》である。着ている服は質素なデザインだが、見る者が見ればそれはかなりの高級素材でできたオーダーメイドだと気がつくだろう。『いいとこの坊《ぼっ》ちゃん』、それが大抵《たいてい》の人が彼に持つイメージだと思う。

実際はいいとこどころか、権力者の家……王家の坊ちゃんなのであるが。

少年――――と言うにも幼過ぎるその姿はどう見ても五、六歳に見える。サラサラとした長めの金髪《きんぱつ》を後ろで縛《しば》ったかわいい顔立ちのその子供は、見渡す限りの雪原を歩いていく。

「ど、どこでスマホ落としたのかな……。うう、八雲姉様やヨシノ姉様がいれば転移魔法ですぐ脱出《だっしゅつ》できるのに……。あれっ？」

少年は雪煙《ゆきけむり》を上げながらなにかがこちらへ向かってくるのを見つけた。

まっすぐにこちらへやってくるそれは、大きな白狼《はくろう》であった。狼の魔獣、雪狼スノラウルフである。

スノラウルフは凶暴《きょうぼう》かつ氷魔法を操る魔獣で、冒険者《ぼうけんしゃ》ギルドでは赤ランクに指定されている魔獣だ。

もしも襲われれば、子供ではなく大の大人でも太刀打《たちう》ちできずに腹の中へと収まることであろう。

しかしそのスノラウルフの出現に、少年は恐れるどころかホッと安堵《あんど》の息を吐いたのである。

「わあ、助かった」

『グルガァァァァッ！』

スノラウルフが咆哮《ほうこう》を上げる。そのまま少年に襲いかかり、ひと呑《の》みにしてしまうかと思われたその刹那《せつな》、少年とスノラウルフの目が交差した。

母親譲りの金髪に対して、少年の瞳《ひとみ》は父親譲りの黒目である。しかし今現在、その右目は金色に変化していた。金ではあるが、少し緑がかった金色だ。

グリーンゴールドの光を湛《たた》えた右目がスノラウルフを射貫《いぬ》く。

すると大口を開けていたスノラウルフは次第《しだい》に大人しくなり、その場で雪原に伏《ふ》せてしまった。

『クゥーン……』

「よしよし。いい子だねー。悪いけど、ちょっと乗せてもらえるかな？　人のいるところへ行きたいんだ」

そう言ってスノラウルフの背中へ少年がよじ登る。ふかふかの毛皮に、もふもふと少年が埋まった。

「あったかー……。じゃあ行こうか」

『がうっ！』

スノラウルフは再び雪煙を上げながら雪原を走り始めた。背中に乗る少年を落とさないよう、細心の注意を払いながら。

幕間劇　望月家の餅つき

「旦那様《だんなさま》、徳川《とくがわ》様からこれが届いたのでござるが……」

そう言って、ドズン！　と八重《やえ》が抱えていた俵一俵を床《ゆか》に下ろした。

あの、俵って六十キロくらいなかったっけ……。いや、戦国時代では規格が一定してなかったとかじいちゃんが言っていたような。

まあ、それはさておき、なんでまた米を送ってきたのだろうか？

ブリュンヒルドでは小麦も稲《いね》も栽培《さいばい》しているが、公国民にイーシェン出身者が多いため、米を食べる人たちが多い。そのため、いくらか足りない分をイーシェンから定期的に買い取っているのだ。

城で食べる分の米はまだちゃんとあったはずだが、なんで家泰《いえやす》さんはさらに米を送ってきたのか。

「ああ、やっと届いたのですね！　これだけあれば充分《じゅうぶん》です！」

首を捻《ひね》っていた僕らの間をすり抜けて、アーシアが俵にひしっとしがみついた。それだけで僕《ぼく》は大方を察した。

アーシアがゲートミラーでイーシェン宛《あて》に発注したんだな。

「しかしなんで米を？」

「これはもち米ですわ、お父様」

「もち米でござるか？　それはまた季節外れな……」

イーシェンでもお正月（という名称《めいしょう》ではないが）新年の初めに餅を食べる文化はある。

まあ、別に年初めにしか食べたらダメということはない。普通に甘味屋《かんみや》にぜんざいとか団子とか売ってるしな。

しかし餅菓子《もちがし》を作るためだけにこんなに必要かね？　少しはうちにももち米はあったはずだが。

「前からお餅を使ったいろんな料理を作ってみたかったのです。作る機会がなかなかなくて！」

にこやかに語るアーシアだが、ゆらりとその背後に現れた人物に、僕も八重も思わず黙《だま》り込んでしまった。

「それで勝手にイーシェンへのゲートミラーに注文書を紛《まぎ》れ込ませたと？　アーシア、公私のけじめってわかりますか？」

「ひゃう⁉　お、お、お、お母様⁉」

娘《むすめ》と同じような笑《え》みを浮《う》かべていても、目がまったく笑っていないルーの登場に、アーシアが短い悲鳴を上げる。

その後ガミガミとルーの説教が続き、その間に宰相《さいしょう》の高坂《こうさか》さんを呼んで、もち米のお金を僕のポケットマネーから出して支払《しはら》っておいた。このままだと国民の税金で買ったことになってしまうからね。しかしけっこうな量を取り寄せたな……。

望月《もちづき》家は国民の税金をビタ一文としてもらわないことになっている。全部自分たちの稼《かせ》いだお金で生活しているのだ。

もち米が欲《ほ》しいなら僕に言えば、普通にイーシェンに行って買ってきたのに。

「それで？　このもち米で何を作るのでござるか？」

さすがに説教が長引いているので、八重が助け舟《ぶね》を出したようだ。

助かった、とばかりにアーシアが話し出す。

「ええと、とりあえずお餅を使った料理を満遍《まんべん》なく作りたいと思います。その他に餅菓子やおかき、お餅のグラタンとかちょっと変わったものなんかを作りたいなと……」

「餅菓子でござるか。以前食べたずんだ餅を思い出すでござるなぁ」

「ああ、あれは美味《うま》かったな」

以前、イーシェンの伊達《だて》家の姫《ひめ》が脱走騒ぎ《だっそうさわ》を起こした時にずんだ餅を食べた。あれは美味かった。

そういやあの時、餅つきをやろうって話があったが、いろいろあって延び延びになっていたな。

……ついでだ、この機会にやってしまおうか。

「やるか、餅つき」

「さすがお父様！　お母様とは違《ちが》いますわ！」

アーシアが僕に抱《だ》きついてきたが、彼女《かのじょ》の襟首《えりくび》を掴んだルーがそれをべりっと強引《ごういん》に引き剥《は》がした。

「なにするんですかお母様！　父と娘の微笑《ほほえ》ましいスキンシップですのに！」

「反省の色がないようですから、もう一度お説教しますわ」

「えっ⁉」

そう言ってルーがアーシアを引きずっていった。アーシアが助けを求めていたが、すまん、これぱっかりはどうにもできない。ルーの目力《めぢから》に怯《ひる》んだわけじゃないよ？

「と、とりあえず餅つきの用意をせねばでござるな。臼《うす》と杵《きね》はどうするでござるか？」

「それは僕が作るよ。餅つきをするには、もち米を研《と》いで一日は水につけるんだっけかな？

だからやるなら明日だな。騎士団《きしだん》やメイドの人たちで手の空《す》いている人に手伝ってもらおう」

【モデリング】を使えば臼と杵はすぐできる。ああ、子供たちにも手伝ってもらうか。自分たちでついた餅を食べるってのも悪くないと思うよ。

僕はそんなことを考えながら、臼と杵を作るため、【ストレージ】に入れておいた木材を取り出した。

◇　◇　◇

「蒸《む》しあがりましたわ！」

ルーとアーシアが蒸し終えたもち米を僕の作った臼の中へと入れていく。

城の中庭には餅つきに参加したい人たちが多く集まっていた。うちの家族に騎士団の人たち、メイドさんたちにアリスやエンデの家族、その他身内のけっこうな人数が集まった。

残してもあれなので、もらったもち米は今日全部つくつもりだ。

臼と杵は全部で三つ作った。それぞれつき手と返し手に分かれている。

僕と八重、八重の兄の重太郎《じゅうたろう》さんと婚約者《こんやくしゃ》の綾音《あやね》さん。そして椿《つばき》さんと元武田《たけだ》四天王の一人、馬場《ばば》の爺《じい》さん。

ほとんど、というか僕以外イーシェンの人たちなので、餅つきは経験があるらしい。

僕も昔じいちゃんの知り合いの家でちょっとつかせてもらっただけだからなあ。

まずはもち米を杵でこねて、ひと通りつぶしてからつくんだったよな、確か。

「そんじゃ、いくか！　よっ！」

「はい！」

僕がもち米をこねている間に、手慣れた動きでさっそくつき始めたのは馬場の爺さんと椿さんコンビ。リズムよくつき手と返し手が交互《こうご》に動いている。

「ふっ！」

「はいっ」

「やっ！」

「はいっ」

重太郎さん、綾音さんコンビも息がぴったりと合っている。これは負けてられないな。

僕と八重も息が合うところを見せつけねば。

よし、いくぞ！

「やっ！　うおっと⁉」

杵を大きく振《ふ》りかぶった僕だったが、振り下ろす際に少しバランスを崩《くず》して臼の縁《へり》を叩《たた》いてしまった。

む、難しいな⁉　杵の重さのバランスが取りにくい。

「ああ、旦那様。力まない方がいいでござる。振り下ろすのではなく、軽く持ち上げて杵を落とす感じでやるといいでござるよ」

な、なるほど。杵の重さを利用して、落とす感じか。こうかな？

八重のアドバイス通りに軽く持ち上げて、杵をそのまま臼へと落とす。


ぺったん。

「そうそう。いい感じでござるよ」

ぺったん。

「その調子、その調子」

ぺったん。


八重の合いの手に合わせて、無心でぺったんぺったんと餅をついていく。

うん、だんだんとコツがわかってきたぞ。慣れれば大丈夫《だいじょうぶ》だな。

「おとーさん！　次、あたし！　あたしもおもちつきたい！」

僕が餅をつくのに夢中になっていると、横からリンネの声が飛んできた。

どうやら僕らがついているのを見て自分もやりたくなったらしい。

うーん、もうちょっとつきたかったが、ま、代わろうかね。もともと子供たちに餅つきをさせたいと思ったから始めたんだし。

「八重、今度は僕がそっちをやるよ。交代ね」

ワクワクしているリンネに杵を渡し、つき手から返し手の方へと代わる。

杵はけっこう重いんだが、うちの子供たちにとっては大したことないみたいだな。

餅が手につかないように、水の入った桶《おけ》に手を浸してっと。

「よしこい！」

「えいっ！」

ドゴン！

およそ餅つきの音とは思えない音が臼から聞こえてきた。

臼が少し地面にめり込み、中にあった餅を杵がドーナツのように真ん中を貫《つらぬ》いていた。

ちょっと待て！　【グラビティ】使ったな⁉　その杵、今何トンあるんだ⁉

「リンネ！　【グラビティ】禁止！」

「えー？」

えー？　じゃない！　臼と杵に【プロテクション】をかけておいたから、ある程度頑《がん》丈《じょう》になってて壊《こわ》れずにすんだけど、本来ならヒビくらい入ってもおかしくなかったぞ？

せっかく作ったのにすぐ壊されちゃたまらないよ。

「じゃあいくよー。よいしょ！」

「はい」

仕切り直し、リンネが普通についた餅を僕が素早《すばや》くひっくり返す。

「よいしょ！」

「は「よいしょ！」い⁉　速い！　タイミングを合わせて⁉」

杵に潰されそうになった手を焦《あせ》って引っ込める。

なんだろう？　リンネのリズムに合わせることができない。僕の手を狙ったようなタイミングで振り下ろされる杵に若干《じゃっかん》の恐怖を感じる。……狙ってないよね？

「冬夜《とうや》さん、代わります」

僕の焦りを感じたのか、リンゼが交代を申し出てきた。大丈夫かな？　と思ったが、僕でなくリンゼ相手ならリンネも多少は気をつけるかもしれない。

「よいしょ！」

「はい」

「えいやっ！」

「はい」

僕の時とは打って変わって、軽妙《けいみょう》なリズムで母娘の餅つきがぺったんぺったんと続いていく。……なんか悔《くや》しい。

ふと横を見るといつの間にか馬場の爺さんと椿さんコンビがエンデとアリスの親子コンビに変わっていた。

「えいっ！」

「くっ！」

「たあっ！」

「とっ⁉」

アリスが嬉々《きき》として振り下ろす杵からギリギリで手を抜くエンデ。なんだろう、アリスのつき方はリズムが独特だな。ぺたぺたぺったん、ぺたぺったん、みたいな。そのせいでエンデが毎回フェイントを食《く》らったような感じになってる。

「エンデミュオン！　もっとしっかり返さんか！」

「ちゃんとアリスのサポートをする。気合が足りない」

必死なエンデにネイとリセの喝が飛ぶ。エンデが『勝手なこと言うな！』って視線をちらりと向けたが、それどころじゃないようだ。

ちなみにメルはにこにこと餅つきをする二人に笑顔《えがお》を送っている。

「つきあがりました！」

リンゼの声にアーシアが臼の中の餅を上新粉をまぶした大きな板の上に持っていく。

ルーがそれを一口大に次々とちぎって丸め、大皿の上に並べていった。

「まずはつきたてのお餅をお好みでどうぞ！　どんどんつきますので、慌《あわ》てなくてもよろしいですからね！」

ルーの声に周りにいた参加者たちが小皿を手に次々とつきたての餅に箸《はし》を伸ばす。

それぞれ、きなこ、大根おろし、納豆《なっとう》、黒ゴマ、餡子《あんこ》、ずんだなど好きなものをかけて食べ始めた。

それだけではなく、汁《しる》に入れて雑煮《ぞうに》にしたり、お汁粉《しるこ》にしたりもしている。

「お父様！　さあこれをどうぞ！」

「や、ありがとう」

僕のところへアーシアがつきたての餅が入ったお雑煮を持ってきてくれた。

お雑煮はシンプルにすまし汁に鶏肉《とりにく》と大根、そしてかまぼこと三つ葉が入ったものである。

すまし汁に浸《ひた》った餅にかぶりつく。

シンプルに美味い。久しぶりのお雑煮に舌鼓《したつづみ》を打っていると、ルーがお椀《わん》を手にこちらにやって来た。

「冬夜様、こちらもどうぞ」

「お母様……？　そ、それはまさか、カレー餅⁉」

ルーが持って来てくれたお椀の中にはカレーが入っていた。しっかりと餅も入っている。

いや、カレーにお餅ってどうなの……？　でももち米も穀物だし、お米やパンに合うんだから合わないことはないいんだろうけど。

ぱくりと一口。

あ、これ美味いわ。カレーに合わないものなんかないわ。

カレーの辛《から》さを餅がマイルドにしている気がする。ちょっとだけアクセントに加えられた福神漬《ふくじんづ》けも最高だ。

「ぬぐぐ……お雑煮という王道に対してこうくるとは……！」

「料理にこれといった決まりなどありません。美味《おい》しければなんでもありです。あなたも変わった餅料理を作りたくて、もち米を取り寄せたのでしょう？　存分に腕《うで》を振るうといいですわ」

「もちろんです！」

餅だけにもちろん、など寒い言葉が浮かんだが、口にすることなく僕は黙々《もくもく》とカレー餅を食べる。

ルーに対抗心《たいこうしん》を燃やしたアーシアが、中庭に設置された簡易キッチンへとダッシュで戻《もど》っていった。

残されたルーがアーシアの作ったお雑煮を一口食べて微笑む。

「美味しいです。基本に忠実に、それでいてギリギリを攻《せ》めている。さすが私《わたくし》と冬夜様の娘ですね」

「それを直接言ってやればいいのに……」

「まだまだこんなもので満足してもらっては困るので。あの子には私《わたくし》を超《こ》える料理人になってもらわないと」

いやいや、君らどっちともお姫様《ひめさま》だよね？　料理人《コック》を目指してどうする。

なんと返したらいいものかと迷っていると、隣のテーブルではつきたての餅をパクパクと競《きそ》うように食べているフレイズ三人娘の姿があった。

「美味い！　さすがアリスのついたお餅だな！」

「美味しい。アリスの心がこもっている。最高」

「頑張《がんば》ったわね。美味しいわ」

「えへへ、それほどでも～」

母親たちに褒《ほ》められて照れているアリスはいいのだが、その横で疲労困憊《ひろうこんぱい》して白くなっている親父《おやじ》をどうにかしてやれよ……。

「久しぶりの餅は美味いな」

「なあ内藤《ないとう》、うちでももち米を作った方がいいんじゃねぇか？」

「そうですねえ。需要《じゅよう》はあるでしょうね。高坂殿《どの》、考えてみますか？」

「そうだな。田園を広げてみるか」

向こうのテーブルでは元武田四天王が揃《そろ》ってつきたてのお餅に舌鼓を打っている。あ、磯辺《いそべ》巻き美味しそう。

「このきな粉餅、美味しいね、お母さん」

「そうね。こっちのお汁粉も美味しいわよ？」

「おもひだいふき！　もっとたぶる！」

「リンネ、食べながら話すのはやめようね」

エルナとエルゼ、リンネとリンゼもそれぞれ楽しんでいるようだ。

「美味しいんだよー！」

「うむ、美味しいでござるな！」

「……二人とも食べ過ぎはダメですよ？」

向こうではフレイと八重が次々と餅を平らげていく様子を、呆《あき》れたような目でヒルダが見ている。八重もだけど、フレイのあの小さな身体のどこにあんなにたくさんの餅が入るんだろう……。

騎士団のみんなもつきたてのお餅を喜んで食べている。イーシェン出身の者は懐《なつ》かしんで、その他の者は珍《めずら》しい食べ物に興味を引かれているようだった。

「お父様！　これをどうぞ！」

キッチンから戻ってきたアーシアが僕に丸い餅の塊《かたまり》を差し出してくる。これは……大福か？　辛いカレーの後だから甘《あま》いものを持ってきたのかな？

それを手にとって一口かぶりつくと、予想外の甘酸《あまず》っぱさが口の中いっぱいに広がった。苺《いちご》大福だ。うわ、久しぶりに食べたな。

「大福の中に苺が……餡《あん》と苺が意外と合いますね。これは盲点《もうてん》でした……」

ルーが驚《おどろ》いたような顔をして食べている。褒められたのにアーシアは気まずそうに視線を逸《そ》らした。その仕草に僕だけではなくルーも疑問を抱いたらしい。

「……アーシア、これはあなたが考えたものですか？」

「えーっと、その、違います……。未来《むこう》でお母様が作ったものが美味しかったので、私《わたくし》も作ってみたかったというか……」

ルーが未来でが作ったのか。それをアーシアが作って過去のルーに初めて食べさせた……。あれ、これってタイムパラドックスだよね？　苺大福の知識はどこからきたってやつ。

矛盾《むじゅん》しているけど時江《ときえ》おばあちゃんと時の精霊《せいれい》がどこかで帳尻《ちょうじり》を合わせるのだろう。神

の力に科学的矛盾を突《つ》いたって無駄《むだ》なだけだ。

「そういや苺大福の他にもいろいろあったなあ」

「他にも？　大福の中に何かを入れるのですか？」

「お父様、それはどんな？」

　ぼそりと呟《つぶや》いた言葉を料理好きな母娘《おやこ》はそろって聞き逃《のが》さず食いついてきた。こういうところは似たもの親子だよな。

「えっと確かパイン大福、ミカン大福、キウイ大福、マスカット大福……とか？」

「酸味があるフルーツばかりですね。やはり餡との相性《あいしょう》がいいのでしょうか」

「変わったのだとスイカとかトマトってのがあったような……」

「スイカにトマト!?　味の想像がつきませんわ……」

　僕も食べたことはないからわからないけど。

「ああ、そういやバター餅ってのもあったな」

「ば、バターですか？　確かにバターと餡子は合うと思いますが……」

「ああ、いや大福じゃなくてね。バターと餅を混ぜて作るやつで……。ちょっと待って、えーっと……」

　僕はスマホでバター餅を検索《けんさく》してレシピの載《の》ってるサイトを見つけ、それをコピペして二人のスマホにメールで送った。

「バターと混ぜて作るんですね」

「美味しそうです。お母様、作ってみませんか？」

「ええ。やってみましょう」

ルーとアーシアが連れ立って野外キッチンの方へ歩いていく。ついでにあんバター餅ってのもあったからレシピを送っとこう。こっちのは餅に餡子とバターを載せただけのやつだけども。

しかしけっこう食べたなぁ。ちょっと腹ごなしにもう一回つかせてもらうか。

臼と杵のところに行くと、騎士団の連中がついているところだった。あれ？　餅が緑色だけど……。

「よもぎ餅ですよ。草団子にすると美味しいですよ」

いつの間にか耕助叔父《こうすけおじ》が背後に来ていて僕に串《くし》に刺《さ》さった緑色の団子を差し出してきた。

ああ、よもぎ餅か。確かに香りがいいな。色も鮮《あざ》やかだ。これはこれで美味い。

僕が草団子にさらに腹を膨らませていると、どこからともなく音楽が流れてきた。

耕助叔父の肩越《かたご》しに向こうを見ると、音楽神である奏助《そうすけ》兄さんがバイオリンを弾《ひ》いている。

……ちょっと待って。その曲はどうなのか。確かに団子の曲ではあるが。さらにこの団子は三兄弟ではなくて四兄弟ですけども。

演奏に合わせて桜が朗々と歌い始める。子供番組のオリジナル曲なだけあって耳に残る歌詞に、みんなが聴《き》き入っていた。

その歌の効果なのか、みんなが団子に手を伸《の》ばし始めた。餅つきの場にふさわしいのかふさわしくないのか判断に困るが、みんなが楽しそうだからまあいいか。

『ぐぬぬ……。美味いが食べにくい……』

ふと横を見ると、琥珀《こはく》が餅と格闘《かくとう》していた。琥珀だけじゃなく、瑠璃《るり》と珊瑚《さんご》も苦戦しているようだ。紅玉《こうぎょく》は器用についばみながら食べているし、黒曜《こくよう》は丸呑《まるの》みだった。

もうちょっと小さい方が琥珀たちは食べやすいよな。

そう思った僕は草団子を串から外して皿に盛り、琥珀たちのところへと持っていた。

『食べやすくなりました。ありがとうございます、主《あるじ》』

琥珀がはむはむと団子を食べ始める。あれ、猫《ねこ》に餅って大丈夫だったっけ？　や、琥珀は猫じゃないけども。神獣《しんじゅう》だから大丈夫だろ。

瑠璃や珊瑚も草団子を一つずつもぐもぐと食べている。

「よく噛《か》んで食べな。喉《のど》に詰《つ》まらせないようにね」

『御意《ぎょい》』

琥珀たちに団子を与《あた》え、腹ごなしに餅つきをさせてもらっていると、向こうから子供たちがそれぞれ何かを持ってこちらへとやってきた。

「お父様、みんなで大福を作りましたの」

子供たちの手に持つ皿には大福がそれぞれ一つずつ載せられている。アーシアのはバター餅だったが。

うぐ。まだお腹《なか》がいっぱいなんだが……。

娘たちの目から放たれる『食べて食べて』レーザーに内心怯んだ僕だったが、ここで食べないという選択肢《せんたくし》はない。無理すりゃなんとか……。

「お父さん、これ……」

エルナの差し出した大福はいかにも大福といったまともな形をしていた。

「ん！　パイン大福か」

「アーシアお姉ちゃんに聞いて、作ってみたの……」

エルナの大福を一口頬張《ほおば》ると、中から酸味の効いたパイン一切れが口の中に飛び込んできた。パインはミスミドで採れるので、うちでも比較的《ひかくてき》手に入りやすい果物だ。これは普通に美味い。

「お父様、次は私のを食べるんだよ！」

フレイの差し出してきた大福はエルナのに比べるといささか歪《いびつ》で、ところどころから餡子がはみ出していた。

フレイの大福を口に入れると、なんともいえない甘じょっぱい味と、グニュッとした食感が僕を襲《おそ》う。吐《は》き出すほど不味《まず》くはないが……。なんともミスマッチな……。

「えと……これ、なにが入ってるのかな……？」

「牛肉なんだよ！」

ぎゅ……！　いや、大福と牛肉はどうだろう。どっちかというとバラバラに食べたい……。

それでもフレイの作った牛肉大福を食べ切る。これくらいならまあ……。

「とうさま、次は私の！」

続いてヨシノの大福に手を出す。大福を噛んだ瞬間《しゅんかん》にボリッという歯応えがした。ボリボリという食感と塩っ気、そして餡子の甘さが口の中に広がる。

「……これは？」

「ピクルスだよ！」

ピクルス……。うむ、漬《つ》け物と餡子ってのは……ああ、でも昔、しば漬《づ》けの入った大福が京都にあるってテレビで見たなぁ。でもキュウリのピクルスは合わないと思う。食感は面白《おもしろ》いけども……。

「お父様、私のはこれですわ」

ちょっと待って、クーンが差し出した大福からは、何やら赤いものがチラチラ飛び出しているんだけども。

お世辞にもうまく包めたとはいえない大福を口にする。うぐっ、生臭《なまぐさ》い……!?

「お父様の好きなマグロを入れてみました」

マグロか！　そりゃマグロは好きだけれども！　僕はマグロと餡子は一緒《いっしょ》に食べるもんじゃないと確信した。

しかもこれ、ワサビも入ってない……？　ちょいちょい鼻に刺激《しげき》が来るんですけれども。

「はい、おとーさん！　リンネのも食べて！」

なんとかマグロ大福を食べ終えた僕にリンネが差し出してきた大福は、普通《ふつう》の大福より大きかった。ちょっとした肉まんくらいあるんですけど。

正直もう限界に近いが、食べないというわけにはいかない。

「いただきます……」

意を決してがぶりと大福にかぶりつくと、何やらどろりとしたペースト状のものが口の中に入ってきた。歯形のついた大福を見ると、餡子と赤茶色い何かがたっぷり入っている。

この味……カレーか？　カレー大福ってのは聞いたことある、け、ど……。

「かっ、からあ――――――――ッ⁉　辛《から》ッ、辛い！　辛いっていうか、痛い⁉　いたあ――――――――ッ⁉」

あまりの辛さに僕は口を押《お》さえる。デジャヴ。このレベルの辛さはかつて経験したことがある。甦《よみがえ》るあの記憶《きおく》。かつてエルゼに食わされた激辛唐揚《げきからからあ》げに匹敵《ひってき》する辛さ。

「あー……、やっぱりなんだよ……」

「なんでリンネが料理するとなんでも辛くなるんだろうね」

フレイとヨシノが『やっぱり』みたいな顔をする。いや、知ってたんなら止めてくれ！

エルゼと同じ『なんでも激辛化《げきから》』の能力は娘であるエルナではなく、リンネの方に受け継《つ》がれたらしい。

いや、シルエスカの家系に受け継がれる潜在的《せんざいてき》な能力なのかもしれない。

いや、それはどうでもいいけど、辛さが消えないんですけど！　餡子の甘さをカレーの辛さが滅多打《めったう》ちにして一人暴走している。

そこには苺大福のようなお互《たが》いを引き立てる関係などなかった。一方的な蹂躙だ。

「お、お父さん、これ、お水！」

エルナが差し出してくれたコップの水をごくごくと飲み干す。

それでも辛さが消えなかったので、アーシアのバター餅を口に入れる。うん、普通に美味い！

さらに何杯《なんばい》か水を飲んでやっと落ち着いてきた。まだ舌が痺《しび》れているような気がする……。

「えー、そんな辛くないのになあ」

リンネがパクパクと僕の残したカレー大福の残りを食べてしまった。なんで食えるん、君……。

「リンネ。あなたの作る料理は少し加減をした方がいいわ」

「えー？　でもエルゼお母さんは美味しいって言ってたもん」

「それは……。はぁ、もういいわ」

呆れたようにクーンがため息をつくが、君のマグロ大福も加減を知らない方だからな。

変な（とは子供たちの前では絶対に言わないが）大福をたくさん食べ過ぎたせいで具合が悪くなってきた……。

「冬夜さん、これを」

スッとどこからか現れたユミナが錠剤《じょうざい》を手に持って渡《わた》してくる。これは？

「『錬金棟《れんきんとう》』のフローラさんに貰《もら》ってきた胃薬です。楽になると思いますよ」

さすがうちのお嫁《よめ》さんは気がきくなぁ……。

僕はそれを受け取ると、子供たちに気付かれないよう口に含《ふく》んで水で流し込む。

すぐに胃薬の効果は出たらしく、だいぶ楽になってきた。相変わらずフローラの作る薬は効果が高い。

これらの薬を量産することも考えたのだが、それをすると薬師の仕事を奪《うば》ってしまうことになりかねないので、薬師ギルドに調合レシピの一部を渡した。解熱剤《げねつざい》とか頭痛、腹痛の薬などを。

いくらか手に入れるのが難しい素材が必要なのもあるが、そこらへんは冒険者《ぼうけんしゃ》ギルドと取り引きをしてくれればってことで。

「みんな楽しんでいるみたいでよかったですね」

「たまにはこういう身内だけで楽しむイベントってのも必要かな」

季節外れの餅つきだったけど、やってみてよかったな。子供たちの大福攻撃《こうげき》にはちょっと参ったけども……。

アーシアの暴走がきっかけだったけど、結果的にはいい方向に転がったみたいだ。

最後に子供たちと一緒にお汁粉を食べ終わり、さて餅《もち》つきをお開きにしようかと思ったら高坂さんがこっちへやってきた。なんかあったのかな？

「陛下。イーシェンの徳川殿から袋一杯《ふくろいっぱい》のソバの実がいくつも届いたのですが、お心当たりはありませんか？」

「え？　ソバの実？　いや、知らないけど。なんだって家泰《いえやす》さんはソバの実なんかを……」

言いかけて、はっ、と気付き、アーシアの方を見る。

そろりそろりとうちの料理好きな娘さんは、その場から離脱《りだつ》しようとしていた。

その襟首を、がっ、と母親であるルーが素早く掴《つか》む。

「アーシア？　貴女《あなた》、もち米だけじゃなく、ソバの実まで徳川様に注文しましたね……？」

「あの、その、いろんなお蕎麦《そば》の味を試《ため》してみたくて……十割蕎麦とか二八蕎麦とか。つ、つゆとかも何種類か作ってみようかと……」

「勉強熱心でけっこうですわね。だけど公私のケジメはちゃんとつけなさいと言ったはずです！」

ガミガミとルーがアーシアに雷《かみなり》を落とす。

こりゃまたすぐに蕎麦祭りをやらないといけないかな……。

僕《ぼく》はそんなことを思いながら、高坂さんにソバの実の代金をポケットマネーで支払った。

第三章　サーカスがやってきた

美しい旋律《せんりつ》が部屋中に流れる。

軽《かろ》やかなテンポで指が動き、鍵盤を叩きながらリズムを刻む。

『華麗《かれい》なる大円舞曲』。ショパンが作曲したワルツの一つで、『子犬のワルツ』と並んで特に有名な曲だ。若い時期に作られた曲ではあるが、ショパンらしい魅力的《みりょくてき》な曲である。

それをピアノの前に座《すわ》り、軽々と弾いているのは桜と僕の娘《むすめ》であるヨシノだ。

ヨシノは歌だけではなく、楽器演奏の才も持っていた。正直、僕よりはるかに上手《うま》い。『華麗なる大円舞曲』って、子供だと手が小さくてけっこう弾きにくいと思うんだが。

そんな苦をまったく見せずにヨシノは最後まで弾き切り、椅子《いす》から立ち上がってぺこりと頭を下げた。

と、同時に曲に聞き惚《ほ》れていたみんなから拍手《はくしゅ》が送られる。僕も心から絶賛し、手を夢中で叩いていた。うちの子、天才！

「いい曲だった。ヨシノはすごい」

「えへへ。かあさま、ありがとう」

ヨシノが拍手をしていた桜にぎゅっと抱《だ》きつく。隣《となり》にお父さんもいるんですけど。ちょっと悔しい。

「ヨシノは演奏を通して魔法を使えるんだよ」

「演奏を？」

フレイの言葉がよくわからなかった僕が聞き返すと、ヨシノはスマホを取り出して、なにかのアプリを起動させた。

するとスマホから光の帯が飛び出して、彼女《かのじょ》の前に固定される。半透明《はんとうめい》なガラスのようなそれは、宙に浮《う》かぶ輝《かがや》く鍵盤だった。

「この鍵盤で魔法を起動させるの。『演奏魔法』って言って、かあさまの『歌唱魔法』と原理は同じなんだって。いろんな曲によって効果が違《ちが》うんだ」

「すごいな……。これは誰《だれ》が？」

「奏助《そうすけ》にいさまにもらったの」

そのタイミングでシャララン、とリュートを鳴らして奏助兄さんが登場した。おおう。いつの間に……。

音楽神たる奏助兄さんお手製かよ。これって神器じゃないの？　え？　神力は使ってないから神器じゃない？　さようで。

ってていうか、これをヨシノにあげたのは未来の奏助兄さんのはずなんだが。やっぱり神様たちって別時系列に同時存在してる？　過去・現在・未来関係なしに同時に存在し、同じ分身体として存在しているのかね？

頭がこんがらがりそうなことを考えていると、ヨシノがアプリを起動し、今度は輝くフルートのようなものを呼び出した。

「他にもいろんな楽器のタイプがあるんだよ」

「なるほど。状況《じょうきょう》に応じて使い分けるわけか。フレイと同じ換装《かんそう》タイプだな」

しかしこれは間違《まちが》いなく音楽神の加護をもらっているだろうなぁ……。直接的な戦闘《せんとう》タイプではないだろうけど、普通の人間では手も足も出まい。

「でも私は戦いに使うより普通に演奏する方が好き。私が演奏してかあさまが歌うとみんな喜んでくれるから」

いやまあ、そら最強のユニットだと思うけど。ＣＤ的なものを売り出したらとんでもないセールスを叩き出すんじゃなかろうか。

「とうさまも一緒に弾こう！　連弾《れんだん》しよう！」

「あー……簡単なものなら……」

レベルが違いすぎるからね⁉　超絶技巧《ちょうぜつぎこう》とか無理だからな⁉

その後、僕らが連弾をし、桜が歌うという親子のミニコンサートが開催《かいさい》されることになった。

楽しかったけど、ミスをしないか必死だったのでものすごく疲《つか》れたよ……。

◇　◇　◇

子供たちも六人目ともなるとかなり賑《にぎ》やかになる。

親戚《しんせき》の子として城に滞在《たいざい》している子供たちだが、あっさりと城の生活にも慣れ……いや、生まれた時から住んでるんだから慣れてて当たり前と言えば当たり前なのか。

『勝手知ったる他人《ひと》の家』どころか、『自分の家』なわけだし。

今では銘々《めいめい》好き勝手に暮らしている。クーンはバビロンに上がり、博士たちと何やら怪《あや》しげなものを作っているし、フレイは騎士団《きしだん》の連中と楽しそうに剣《けん》を振り回している。

「っと……こう？」

「そうそう。そうしたら次はこっちの編み目に……」

リンゼとエルナが仲良くサロンで編み物をしている。一方、訓練場ではエルゼとリンネが激しく組手をしていたり。

時々ここの母娘《おやこ》は組み合わせが入れ替《か》わっていたりするのだが、そっちの方が変にしっくりくる時もあるな。性格的に合うのだろう。

アーシアは相変わらず厨房《ちゅうぼう》で新作料理の試行錯誤《しこうさくご》に励《はげ》んでいる。時々狩奈《かりな》姉さんと、獲物《えもの》を取りに行っているようだ。素材から吟味《ぎんみ》したいとの言をいただきました。

ヨシノはちょこちょこ【テレポート】でどこかへ出かけている。目下のところこれが一番の悩《なや》みの種だ。

一応、お目付役として瑠璃を同行させること、何があっても夜までには帰ってくること、よその国には勝手に行かないことを言い聞かせた。他国で何か問題でも起こされたらマズいからさあ……。

転移魔法を持つ者がこれほど厄介《やっかい》だとは、と愚痴《ぐち》をこぼすと『わかってもらえてなによりです』と、高坂さんからにっこり微笑《ほほえ》まれた。いや、その……いつもご迷惑《めいわく》をおかけしまして……。

逃《に》げるようにして僕はバビロンの『研究所』にやってきた。

例のアロザ島を襲った半魚人の解析《かいせき》が終わったらしいので。

『研究所』に入ると、例の半魚人がカプセルに入れられて横たわるラボに、『研究所』の管理人、ティカと、『錬金棟』の管理人であるフローラが待ち構えていた。

「結論から申しますと、この半魚人は『人間』でス」

「は？」

『研究所』の管理人であるティカが前置きもなくそう切り出した。人間？　こいつが？　どう見ても半魚人ですけど。

「正確に言うと『元』人間でスの。人間の体をベースにして他の生命体と合成し、組織を作り変えられている……つまりは『合成獣《キメラ》』でスの」

「合成獣《キメラ》だって？」

『錬金棟』のフローラが発した言葉に、僕は思わずそんな声を漏《も》らす。

「キマイラなら聞いたことがあるけど……」

「キマイラは獅子《しし》と山羊《やぎ》の頭、蛇《へび》の尻尾《しっぽ》を持つ魔獣《まじゅう》でス。コレとはまったくの別物でスね」

「この半魚人はなんらかの方法で人間と魚系の魔獣を合成して生まれた怪物《かいぶつ》でスの。魚類としての特性も、そしておそらく人間としての知恵《ちえ》もある別種の生命体でスの」

別種の生命体。新たな生物を生み出したってことか。

おそらくその力の源と思われるものは、半魚人に埋《う》め込まれていた、あの青い結晶体《けっしょうたい》だろう。

あの呪《のろ》いの力といい、この半魚人に邪神《じゃしん》の力が働いていたのは確かだ。言ってみればこいつらは『邪神の使徒』の尖兵《せんぺい》ってわけだな。

「噛まれた人間も半魚人になるのは？」

「やはり『呪い』でスね。しかし伝染病《でんせんびょう》のように広まることはないようでス。あくまでも『呪い持ち』なのは、結晶体を持つ個体だけかと」

ふむ。連鎖的《れんさてき》には広がらないということか。あまりにも多過ぎると僕とエルナだけでは手が回らなくなる。【リカバリー】をエンチャントした魔道具《まどうぐ》を用意しておくべきかもしれない。

「しかしなんだってこんなことを……」

「推測でスが。『呪い』により人々の『恐怖《きょうふ》』や『不安』、『絶望』などを引き出スことが目的だったのではないかとも考えられまス」

……ありえる、な。

邪神は人々の持つ負の感情を力にする。人は誰もがそういった感情を持っているが、普段は表に出さない人たちがほとんどだ。

それを引き出すための方法として、『呪い』という手は絶妙《ぜつみょう》といえる。

未知への『恐怖』、わからない『不安』、手の施《ほどこ》しようがない『絶望』。そういったものを連鎖的に生み出せる。

なによりもこれは、『呪い』を受けた者以外にも伝播《でんぱ》する。知人が原因のわからぬ病で倒《たお》れる。次は自分かもしれないという『恐怖』。

まさに奴《やつ》らの思《おも》う壺《つぼ》だ。やはりあいつらの目的は邪神復活なんだろうか。

「ところでマスター。今回、私はけっこう頑張ったと思うのでスが」

「え？　まあ、そうかな……」

突然《とつぜん》ずいっとティカがそんなことを申し出てくる。え、なに？　そんな急に頑張ったアピールされてもさ。

「そんな私にマスターはご褒美《ほうび》をくれるべきだと思うのでスよ。明確に言うと、お風呂《ふろ》で娘さんたちとのキャッキャウフフとした裸《はだか》のお付き合いの許可を！」

「却下《きゃっか》だ、馬鹿野郎《ばかやろう》」

ド真面目な顔をしてなに言ってんの!?　相変わらずだな、このポンコツロリコンは！

「なぜっ!?　私だけお子さんたちとの接触《せっしょく》禁止じゃないでスか！　ズルいでス！」

「当たり前だろうが！　お前みたいな変態に追いかけまわされて、変なトラウマになったらどうする！」

「その時は責任を持って結婚《けっこん》を！」

「お前『研究所』から出るの禁止な」

「ひどい！」

なにがひどいか。こっちの方がよっぽどひどいわ。僕には親として子供の安全を守る義務があるのだ。危険人物には近寄らせないぞ。

ブーブーと文句を言うティカを尻目《しりめ》に、今度はバビロンの『工房《こうぼう》』へと向かう。たぶん、そこにはクーンがいるはずだ。また変なの作ってなきゃいいけど……。

『工房』の中に入ると、クーンがわけのわからない物に乗っていた。

いや、わからないわけじゃない。あれはドワーフたちが開発した、土木作業用重機ドヴェルグと同じものだ。

ただ、大きさがよりコンパクトになっている。頭部と胸部の部分が剥《む》き出しの座席になっていて、魔動機《まどうき》は背中部分にあるようだ。短いががっしりとした二本の脚部《きゃくぶ》と腕部が本体に付いている。

一見パワードスーツのように見えるが、クーン自身の手足を覆《おお》ってはいないので、やはり乗り物の部類なのだろう。

その乗り物を使って、クーンは何やら積み木を重ねていた。

「なんだこりゃ……」

「ちょっとした試作機の稼働《かどう》実験だよ。フレームギアの技術にゴレムの技術を組み合わせて、より高性能、かつコンパクトな人型二足歩行の作業機械ができないかと思ってね」

呆れがちな声を漏らした僕にバビロン博士がドヤ顔で近づいてきた。いや、うちの娘になにさせてんの？

「『アームドギア』と名付けた。クーン専用の玩具《おもちゃ》のつもりだったのだが、なかなかいい出来だろう？　武装を変えれば一個師団とも戦えるぞ」

「親の許可なく物騒《ぶっそう》なオモチャを与えないでくれるか」

どう考えても玩具の域を超えているだろ。まったく……。ちょっと注意しておいた方がいいか？

「あっ、お父様！　見てください、これ！　すごいでしょう!?　私が作ったんですよ！」

「おお、すごいなぁ。よく作ったね！　えらい！」

「ふふっ、当然です！」

ぐむう。そんなキラキラとした笑顔《えがお》で言われたら、なにも返せないだろ……。

振《ふ》り向くとニヤニヤとした笑《え》みで博士がこちらを見ていた。

「典型的な娘に甘々《あまあま》なお父さんだねぇ。親になるとこうも変わるとは、いやはや面白い」

「うっさい……」

自覚があるだけになにも言い返せない。甘やかし過ぎかなあとも思うけど、こっちの世界にいるときくらいはいいんじゃないかとも思ったり。

まあ、うちの子はかわいいから仕方ないけどな！

そんな言い訳じみたことを考えていたら、目の前にシュッ、とヨシノとお付きにした瑠璃が現れた。

「ヨシノ、あまり【テレポート】でポンポン移動するのは……」

「とうさま！　なんか面白そうなのが来たよ！　さかす！　さかす！」

【テレポート】での失敗談があるだけに、ヨシノに注意しようとした僕だったが、やたらとテンションの高い娘さんに二の句が継げなくなってしまった。

……『さかす』ってなに？

「瑠璃？」

『「サーカス」でございます、主《あるじ》』

意味がわからず、付き添《そ》っていた瑠璃に尋《たず》ねると、そう返してくれた。

サーカスか。サーカスが来たのか。

サーカス。つまり曲芸団だ。

こちらの世界にもサーカス団は存在していて、町から町へと興行をしながら旅をしている。一度ベルファストの王都で見かけたことはあったが、実際に入って見たことはない。

聞いた話だと、僕らの世界のサーカスとはいささか違いがあって、演劇やら歌やら踊《おど》りなんかもやるらしい。逆に手品や動物を使った芸はあまりないとか。ここらへんは魔法や召喚獣《しょうかんじゅう》のある世界だからかもしれないな。

「で、そのサーカスがどうしたんだい?」

「面白そうなの！　いろんな演目があって楽しそうだよ！　みんなで観《み》に行こう！　ほらこれ、チラシもらってきたの！」

ヨシノが僕に一枚のチラシを広げてみせる。なになに……。

『世界喝采《かっさい》！　幻想《げんそう》と魅惑《みわく》のサーカス団、コンプレット一座、ついにブリュンヒルドへ来たる！』……ね。

『世界喝采！』ときたか。なんか『全米が泣いた！』と同じ匂《にお》いがするキャッチコピーだが、自信がなければこんなことは言うまい。よほど有名サーカス団なのかな?　僕は聞いたことないけど。

「あら、サーカスが来ているの?　面白そうね」

「でしょ！　クーン姉様も一緒に行こうよ！」

僕らの会話を聞きつけたクーンが『アームドギア』に乗ったまま、頭上から話しかけてきた。

サーカスねえ……。まあ、僕も観たことがないからちょっと気になるけども。

城に招くこともできるかもしれないが、ここはお忍《しの》びで観に行った方がいいかな。

子供たちも乗り気だし、みんなを誘《さそ》って行ってみるか。

◇　◇　◇

「サーカスですか。面白そうですね」

ユミナがヨシノのもらってきたチラシを見ながらそう答える。どうやら奥《おく》さんたちも乗り気らしい。

「ユミナはサーカスを観たことあるの？」

「一度だけですけど。ベルファストの城へ呼んで公演してもらいました。いろんな演目があって楽しかったですよ」

おっとお城へ呼んでか。さすが王家の生まれというところかね。ベルファストの国王陛下はこういった催《もよお》し物が好きだからな。演劇とか好きだし。

僕らの話を聞いていたリーンも会話に加わる。

「私も一度だけ観たことがあるわね。ミスミドでだけど。獣王陛下のお供で観たわ。こう……ナイフや斧《おの》をいくつも空中に投げてくるくると回すやつはすごかったわね」

ジャグリングか。ナイフはまだしも斧ってなんだよ……怖《こわ》いわ。

「演劇なんかもあるんですね。何を演《や》るんでしょう？　恋愛《れんあい》ものとか観たいですけど」

「あたしはこの『怪力《かいりき》男の重量挙げ』が気になるなあ。飛び入り参加とかできないのかしら？」

リンゼとエルゼも楽しそうにチラシを見ている。飛び入り参加とかやめてください。重量挙げの人の立場を考えてくださいよ……。

エルゼなら【ブースト】使わなくても平気で百キロ、二百キロくらいの岩を持ち上げると思う。【ブースト】を使えば一トンくらいは持ち上げられるかもしれない。

……今さら気がついたんだが、サーカスでの身体系の芸って、うちの家族は『すごい！』って思うんだろうか？

綱渡《つなわた》りとか球乗りとかやっても、『あ、それ自分もできるよ』とか思うだけなんじゃ……。

だとしたら子供たちの期待のハードルがあまり上がりすぎるのも困るな……。

演目を見る限り、リンゼの言った通り演劇や、歌、踊りなんかもあるみたいだけど……。

ミュージカルみたいなことなのかね？　それなら楽しんで観れそうだが。

あ、この『軟体人間《なんたい》』ってのは僕らには無理そう。

「サーカスをお城へ呼ぶのはやめた方がいいかもしれませんわね」

「一日潰《つぶ》してしまうからね。町のみんなにも観てもらいたいし」

ルーの言う通り、呼ぶのではなく、僕らが観に行くことにする。【ミラージュ】で姿を変えて行けば大丈夫《だいじょうぶ》だと思う。

さっき高坂さんに聞いたが、サーカスは中央広場から南にいった、開けたところにテントを張るらしい。もちろん許可は出しといた。

「みんなはサーカスは初めてなのか？」

「そうだよ。私たちあまり演劇とか観たことないんだよ。『映画』や『アニメ』ならお父様がたくさん観せてくれたけど」

僕の質問にフレイが答える。演劇もか？　なんでまた？

「ふふっ、未来《むこう》で人気の演目って、ほとんどがお父様のお話ですから。お父様が嫌《いや》がって連れて行ってくれないんですの」

えっ、なにそれ。初耳ですけど⁉

クーンが笑いながら話した事実に思わず固まる。僕の話？　えっ、それってリーフリースの作家王女が書いた『ユイナ王女と勇者トーヤ』みたいな僕をモデルにした話ってこと⁉

「あ、私、こっそりと観に行ったことありますわ。お父様とお母様の馴《な》れ初《そ》めの物語。『勇者トーヤの冒険《ぼうけん》　エピソード４　帝国《ていこく》の反乱』を」

「『なにそれ⁉』」

アーシアの言葉に、ルーとともに思わず叫《さけ》ぶ。『帝国の反乱』って、レグルス帝国でのクーデター事件のことか⁉　確かにルーと出会ったのはその時だけど！

「反乱を起こした将軍に一対一での勝負を挑《いど》んだお父様が、最後に必殺技《ひっさつ》のトーヤスラッシュで相手を討《う》ち倒すところは最高のシーンでした！」

待って、そのダサい必殺技知らない⁉　あの時は将軍をヘドロボックスに突っ込んで気絶するまで嫌がらせしたんですけど！　確かに演劇にはしにくいシーンだったかもしれないが！

なんかものすごい改変されてる……。脚色《きゃくしょく》ってレベルじゃないぞ。そこまでいくと別物だろ……。

未来の僕が子供たちを連れて行きたくない気持ちがわかった。そりゃ嫌がるわ。

「ちょっと観てみたい気もしますわね……」

「いや、僕らの話じゃないからね⁉　作り話だからね、完全に！」

まんざらでもないルーに言い聞かせる。『この物語はフィクションです。登場する人物・団体・名称《めいしょう》等は架空《かくう》であり、実在のものとは関係ありません』ってなってるだろうな⁉

初めて未来を変えようと本気で思ったかもしれない……くそう。

その後『勇者トーヤの冒険』がエピソード9まであることがわかって絶望した。

◇　◇　◇

ブリュンヒルドにやってきたサーカス団の噂《うわさ》は瞬《またた》く間《ま》に広まった。

紅玉《こうぎょく》によると南の広場に建てられる巨大《きょだい》なテントを町の子供たちがキラキラした目で眺《なが》

めているらしい。

よその国から来た人たちにとって、ブリュンヒルドにあるものは珍《めずら》しく不思議な物が多い。が、そこに住む者たちにとってはそれは普通のこと。

ブリュンヒルドの子供たちにとっては、大訓練場で戦うフレームギアよりも、見たこともないサーカスの方が興味を引くのだろう。

「ねえねえ、おとーさん！　サーカスにはいつ行くの⁉　明日から始まるんだよ⁉」

「心配しなくてもちゃんとチケットは買ってあるよ。初日は無理だったけど、二日目には行けるから」

「えーっ⁉　明日行くんじゃないの⁉」

リンネがむくれるがこればっかりは仕方がない。サーカスの席は指定席と自由席があり、指定席の方が広くゆったりとしているらしいのだ。どうせ観るなら指定席でゆっくりと観たいじゃないか。

初日の指定席はもう完売していて買えなかった。譲《ゆず》ってくれと頼《たの》めばなんとかなるかもしれないが、さすがにそれはどうかと思うし。町のみんなも楽しみにしているんだからな。

なので、諦《あきら》めて二日目のチケットを買った。

僕らの場合、僕と奥さんの分で十枚、子供たちの分が六枚の、合わせて十六枚の指定席を買うことになる。エンデのところのぶんも買ったから、計二十一席。

指定席は六十席ほどらしいから、三分の一以上の席を買ったことになる。お値段もけっこう高かったけどね……。

「楽しみだね！　おかーさん！」

「そうね。でもその前にお勉強を終わらせないとね」

「あう……」

リンゼににっこりと返されて、机に広げた教科書に視線を戻《もど》すリンネ。

子供たちにはきちんと勉強もさせている。未来に帰った時、学力が落ちていたら未来の自分たちに申し訳ないからな。

勉強において一番集中力がないのがヨシノとリンネだった。クーンは元から頭がいいし、アーシアとエルナは真面目なので学力は普通によかった。

意外だったのはフレイの成績が優秀《ゆうしゅう》だったことだ。フェルゼン国王と同じ暴走気味な武器マニアだから、脳筋かと思っていたのに。も一度言うが意外だった。

ふと、武器の手入れをしていたフレイが顔を上げる。

「……なんか誰かに馬鹿にされたような気がするんだよ？」

「……気のせいだろ」

鋭《するど》い。さすがわが娘。勘《かん》の鋭さは母親譲りだろうか。

「ですから、サンドイッチとかおにぎりのような片手で食べられるものの方が、サーカスを観覧しながらでも食べられますわ」

「むむ……。ではそちらはお母様に任せます。そうなるとおかずも一口サイズの方がいいのかもしれません。なにかで巻けば手づかみでも……」

アーシアとルーは明後日《あさって》のお弁当作りに余念がない。エンデのところも合わせて全員分の弁当を作るつもりらしい。重箱何段になることやら。

「冬夜《とうや》さん、手が止まってます」

「おっと、いけない」

ユミナに注意されて手元の書類に目を戻す。サーカス観覧のため、僕もその日の分の仕事は片付けておかないと、高坂さんに怒《おこ》られるからな。全部人任せにできないところが国王業の辛《つら》いところだ。

もっとも僕の場合、宰相《さいしょう》である高坂さんと補佐をしてくれるユミナがいるのでかなり助かっているのだが。

いつの間にかユミナは僕の秘書のような位置に収まってしまった。

正直、ブリュンヒルドを動かしているのは高坂さんとユミナの二人な気もするが、気にしないでおくことにする。気にしたら負けだ。

夕食後にサロンで書類を片付けながら、子供たちの勉強を見ていた僕のところに、花恋《かれん》姉さんと諸刃《もろは》姉さんが連れ立ってやってきた。

「冬夜君、ちょっと」

「え、なに？」

花恋姉さんに手招きされて、僕はみんなの輪から席を外す。

近寄ってきた僕に、諸刃姉さんが声を潜《ひそ》めて話を切り出した。なに？　内緒《ないしょ》の話？

「例のサーカスなんだけどね。当日、その場に行ってからじゃ君も困るだろうから先に伝えておく。あのサーカスには神がいる」

「は？」

神がいるってどういうこと？　技が神がかっているってことか？

言ってる意味がよくわからずキョトンとする僕に、花恋姉さんがため息をつく。

「鈍《にぶ》いのよ。この世界に保養に来ている神があのサーカスにいるってことなのよ」

「えっ⁉」

呆《あき》れたような花恋姉さんの声に僕は驚《おどろ》く。保養に来ている神って、あの僕らの結婚式《けっこんしき》に来た神々のことか⁉

時空神である時江《ときえ》おばあちゃんを抜《ぬ》いて、残りの九人は自由に過ごすとそれぞれ世界中に散っていったはずだが……。

えっと確か、舞踏《ぶとう》神、剛力《ごうりき》神、工芸神、眼鏡神、演劇神、人形神、放浪《ほうろう》神、花神、宝石神……だったか。

「サーカスにいるのは、舞踏神、剛力神、演劇神の三人だね」

「三人もいるの⁉」

なんだそれ⁉　どんだけ神々の恩恵《おんけい》受けてんだよ、そのサーカス⁉　そりゃあ世界も喝采するわ！

「もちろん、神々の力は一切《いっさい》使ってないよ。あくまでも地上に降りた人間の一人として彼《かれ》らは行動している。ま、だからこそ気付くのが遅《おく》れたわけだけど」

人の身ではあるが、姉さんたちも神気を使える。それを解放すれば、世界中のどこにいても神族の僕らには場所がわかるのだ。まあ、逆にその神気を完全に抑《おさ》えることもできるわけだが。

「とんでもないサーカスが来ちゃったみたいだな……」

「それぞれ得意な分野でも能力は人間レベルに落ちてはいるから、それほどとんでもないことにはならないと思うのよ」

嘘《うそ》だね。この人たちの言う人間レベルってのは『何千年と修行《しゅぎょう》を重ねたその先に、人間が奇《き》跡的《せきてき》に到達《とうたつ》できる極限のレベル』のことだからな。

「なんでブリュンヒルドに来たんだろう……」

「深い意味はないと思うのよ。ただ単に旅の中継地《ちゅうけいち》だからとか、そんなもんだと思うのよ」

ううむ。まあベルファスト、レグルス間を移動するならウチに寄らないって選択肢《せんたくし》はないか。

となると、寄ったのはたまたまかね？　僕らも子供たちがいなかったらサーカスに行ったかどうか怪しいしな。

しかし舞踏神に剛力神、演劇神か……。

剛力神ってあれだよな、神界にある万神殿《パンテオン》で会った、ギリシャ神話のヘラクレスみたいな筋肉ムキムキの神様。

そうか、チラシにあった『怪力男の重量挙げ』の怪力男ってのは剛力神か。こりゃさすがにエルゼでも勝てなさそうだ。

舞踏神は女神《めがみ》様だったよな。どっちかというと地味めな女性だったように思う。

演劇神は……オネェ様だった。男神様だと思うんだけど確証はない。神々に性別なんて、あってないようなものなのかもしれないけども。

「私たちはこれから挨拶《あいさつ》に行くけど、冬夜君はどうする？」

「……行かないとダメかな？」

「ダメってことはないと思うけど。だけどもうすでにこの世界の管理者は冬夜君で、彼らは言ってみればお客さんだからね。きちんと把握《はあく》しておかないと、あとで面倒《めんどう》なことになるかもしれないよ？」

「ぐむう……」

諸刃姉さんの脅《おど》しとも取れる発言に、思わず苦い声が漏れる。

忘れがちだけどそうなんだよなぁ……。一応、世界神様から言い含《ふく》めてもらってるけれど、神々《このひとら》に常識なんて通用しないからな。なにかとんでもないことをやってないか聞いておかないといけないか。

花恋姉さんや諸刃姉さんは僕のサポートをするという名目で地上《した》に降りているわけだし、ここはひとつ手伝ってもらうことにするか。

「わかった。仕事が終わったら僕《ぼく》も行くから待っててくれ」

「了解《りょうかい》なのよ」

姉さんたちと話を終えて席に戻る。一足先に僕だけサーカスに行くなんて言ったら面倒なことになりそうだ。なので、子供たちには黙《だま》っておくことにする。

あとでこっそりと城から抜け出そう。

しかし神々がいるサーカス団か。本当にとんでもないな、まったく。

◇　◇　◇

子供たちが寝室《しんしつ》へ引っ込んだあと、僕は姉さんたちと一緒《いっしょ》にサーカスの巨大テントが建っている南の広場へとやってきた。

夜風にはためくテントはもうすでに完成していて、闇《やみ》の中にその巨大な姿をぼんやりと浮かび上がらせている。

警備の連中に身分を明かし、中へと入れてもらう。円形に作られた巨大テントの中にはすでにステージと観客席ができていて、サーカス団員と思われる人たちがジャグリングやアクロバットの練習をしていた。

よく見ると自転車を使ってジャンプや空中一回転をしている者もいる。自転車をあそこまで使いこなす人は初めて見たな。

「えーっと……あ、いたいた」

花恋姉さんが視線を向けたステージ下に、何百キロもありそうな巨大な岩を背中に乗せて、腕立《うでた》て伏《ふ》せをしている筋肉ムキムキ男がいた。

げ、親指だけで腕立て伏せしてるぞ、この人……。

間違いない。剛力神だ。初めて会った時と同じ、一枚布で作ったような服を着ている。

「こんばんはなのよ、剛力神」

「む、恋愛神か」

汗《あせ》一つない顔を上げて、剛力神が口を開く。背中の巨岩《きよがん》を下ろし、立ち上がるとその身長はゆうに二メートルを超《こ》えている。相変わらずデカい。そしてはち切れんばかりの筋肉が自己主張するが如くピクピクと動いていた。若干《じやつかん》キモい。

「剣神もよく来たな。そちらの新神《しんじん》も久しぶりだ」

「どうも。結婚式以来ですね」

腰《こし》に両手をやり、胸を張るようなポーズを取る剛力神に、僕は握手《あくしゆ》をしようと手を出しかけてやめた。握《にぎ》り潰されても困る。

「あらあ、お懐《なつ》かしい顔ぶれがいるわあ」

「む、演劇神と舞踏神かい。お邪魔《じやま》しているよ」

甲高《かんだか》い声に振り向くと、妙《みょう》に身をくねらせた男性と、無表情でこちらを眺める褐色《かっしょく》の肌《はだ》をした女性が立っていた。

男性の方は剛力神ほどではないが背が高く、金髪《きんぱつ》の髪《かみ》を逆立てて、パッと見はパンクロッカーか何かに見える。

しかしその動きはどこか女性的で、隣《となり》の剛力神と比べると男らしさが全く見られない。結婚式で会ったまんまだ。このオネェ様が演劇神である。

もう一人、褐色の肌に切り揃《そろ》えられた黒髪《くろかみ》、猫《ねこ》のような翠《みどり》の眼を持つ女性、こちらが舞踏神である。

チューブトップのような白い胸覆いと、アラビア風の白ズボンを着ていて、肌の露出《ろしゅつ》がやや多い。両腕《りょううで》には金銀のリングがあり、腰から伸《の》びた長い布がそれに通されていた。

「冬夜ちゃんもお久しー。元気してた？」

「あ、はい。おかげさまで」

ううむ、黒曜と同じタイプのせいかそれほど抵抗《ていこう》はないな。普通《ふつう》に話せる。いきなり『冬夜ちゃん』扱《あつか》いはどうなの？　と思わなくもないが、神という立場では大先輩《だいせんぱい》だからな。仕方ないか。

「舞踏神様もお元気そうで」

「……ん」

ううむ、こっちは感情が読めない。表情が常にニュートラルだ。機嫌《きげん》悪いわけじゃないとは思うんだけど。

「冬夜ちゃん、『舞踏神』じゃなくて地上《ここ》ではその子は『プリマ』ちゃんよ。アタシは『シアトロ』で、剛力神は『パワー』ね」

プリマ？　プリマ・バレリーナから取ったのだろうか。『一番の』って意味だったと思うが。シアトロってのもシアターからか？　パワーってまんまだろ。

「勝手にシアトロが決めたのだ。正しくは『フル・パワー』らしいが」

「ああ、そっすか……」

剛力神、いやパワーのおっさんの言葉に、僕は深く突っ込むのはやめようと決めた。この人らにとっては、テレビゲーム内での自キャラに名前を付けるくらいの感覚なのだろうし。『あああああ』とかじゃないだけマシってもんだろう。

「しかしなんでまたサーカスなんかに？」

「うむ。この世界では金を得ねば食うこともできぬ。我らは食わねども死にはせぬが、それではつまらぬからな。困っていたところ、ここの団長に拾われたのだ。この力を人々に見てもらい、金が貰《もら》え、いろんな土地へと行ける。うってつけではないか」

パワーのおっさんなら冒険者《ぼうけんしゃ》でもやっていけそうだけどな。力が強いのと戦闘《せんとう》技術はまた別なのかね。単に人に筋肉を見せつけるのが好きって理由じゃなかろうな？　ありえる。

「アタシたちも同じ理由ね。自分たちの演技や踊りを見てもらって、いろんなところへ渡《わた》り歩くのは楽しいのよ。その土地土地で美味《おい》しいものも食べられるしね」

シアトロさんの言葉にこくこくと肯定《こうてい》するかのように頷《うなず》くプリマさん。

確かにサーカスならひとつのところに留《とど》まらず、いろんなところへと行けるだろうけど。

というか、あんたらその気になったら空間転移できるんじゃ？

まあ、観客に観てもらいたいって気持ちの方が強いのかもしれない。せっかく地上で人間として生きているんだから、それらしく生活したいと思うのも無理ないか。

「そんで、うちの団長には会ってく？」

「ああいや、今日は遠慮《えんりょ》しときます。明後日の公演を家族で観に来ますので、その前に先《せん》輩《ぱい》方に挨拶をと来ただけですので」

「先輩って。地上《ここ》ではアナタの方が先輩でしょうに」

シアトロさんがケラケラと笑う。地上の人間としてはそうだけど、神族としては一番新人だからさ。こういうことはきちんとしておいた方がいいだろ。

「安心しろ。迷惑《めいわく》はかけん。世界神様に強く言われておるからな。我々のせいで他の神々がこの世界に降りて来られなくなっては困る」

「そんなことになったら神界《うえ》のみんなに恨《うら》まれちゃうからねえ。怖い怖い」

神々の保養地計画はまだ正式稼働ではないからな。いわばプレオープンといったところだ。今のところ問題はないけどさ。

あんまりポンポン降りてこられても困るんだがな……。でも地球の神話なんかでも神様たちはホイホイ地上に降りてる気もするし、これが普通なのか？

「他の神々《やつら》は来るのか？」

「たぶん来るんじゃない？　時江おば……時空神様だけは無理そうだけど、農耕神たちは来ると思うのよ。あ、私たちのぶんのチケットちょうだいなのよ」

「しっかりしてるわねェ。まあいいけど」

花恋姉さんがシアトロさんからみんなのチケットをもらっていた。

くっ、あらかじめ知ってれば僕らの分ももらえたのにな。さすがに口に出すとセコいと思われそうなので黙っていたが。

「音楽神あたりは出演《で》てもらいたいわね。プリマちゃんとコラボなんて最高じゃない？」

「……ん。滾《たぎ》る」

音楽神と舞踏神のコラボか。確かに凄《すご》そうだなぁ。とりあえず花恋姉さんから奏助兄さんへ話だけはしておくことにしたようだ。

「アタシの舞台《ぶたい》の音楽もやってもらいたいわね。きっと盛り上がるわよぉ」

「あの、演劇はなにをやるんですか？　まさか『勇者トーヤ』の物語じゃないですよね……？」

僕は一番気になっていたことをシアトロさんに聞いてみた。それだけは本当に勘弁《かんべん》だ。

「ああ、違《ちが》うわよ。『宮廷騒動記《きゅうていそうどうき》』って演目でね、笑いあり涙《なみだ》ありの物語よ。子供にも楽しめるように作られているから受けがいいの」

あいにくとその作品は知らないが、違う演目でよかったと僕は胸を撫《な》で下ろした。

「まあ、明後日のステージを楽しみにしてなさいな。気合い入れてやるわよぉ」

「オテヤワラカニ」

いや、本当に。なにをするのかわからないけど、節度を守って過激すぎないやつをひとつ。

一抹《いちまつ》の不安を残したまま、僕らはサーカスの巨大テントを辞した。本当に大丈夫かねえ……。

◇　◇　◇

観覧日当日。朝も早よから子供たちに急《せ》かされ、僕らは会場へと向かった。

まだ開演前というのにこの人の多さったら。ブリュンヒルドにこんなに人がいたのかと思うほどだ。

一応、僕らは【ミラージュ】の施されたバッジで姿を変えている。良くも悪くも僕らは目立つからな。

ルールを守って順番に並び、チケットで入場する。

「おっとみんな、スマホの電源を切っておくんだよ。ショーの最中に鳴ったりしたら迷惑だからね」

「「「はーい」」」

エルナ、リンネ、アリスの三人が元気よく答え、他のみんなも自分のスマホの電源を切った。マナーモードでもいいかとも思うけど、振動音《しんどうおん》が耳につくって人もいるし、薄暗《うすぐら》いテントの中、画面が光るとやっぱり迷惑かもしれないしな。

テントの中に入るとその大きさにみんな驚いていた。僕や姉さんたちは一昨日《おととい》来たから驚きはしなかったが。

神族のみんなは音楽神である奏助兄さん以外はみんな来ていた。どうやら公演にゲスト参加するらしい。

「私たちの席はあっちみたいですね」

リンゼがチケットを見ながら視線を向ける。ステージ真正面の観客席、その上段の方に特設された場所があった。あそこが指定席か。

簡単な手摺《てすり》で囲まれたその中には、ゆったりとした長椅子《ながいす》がいくつかあり、その前にテーブルもある。絨毯《じゆうたん》も敷《し》かれていて、靴《くつ》を脱《ぬ》いで上がるみたいだ。

こりゃいいな。ここに直座《じかすわ》りしても観れるのか。かなりくつろいで観れそうだ。

「お父様！　お父様！　ささ、こちらへ！」

アーシアがさっさと席に座《すわ》り、満面の笑みで隣の席へ僕のことを手招きしている。

苦笑いを浮《う》かべていると、僕よりも早くルーがその席にさっさと座ってしまった。

「ちょっ、お母様⁉︎　邪魔ですわ！」

「冬夜様、どうぞ私《わたくし》のお隣に。私《わたくし》が壁《かべ》になりますので」

「むきぃ！　壁って言いましたわ！」

なにやら母娘《おやこ》ゲンカが始まってしまったが、はたから見たら姉妹《しまい》ゲンカにしか見えないんだろうなあ。

ふと、よそを見ると、アリスの隣を巡《めぐ》ってエンデたちがじゃんけんをしていた。向こうも大変そうだな……。

仲違《なかたが》いさせるのは本意ではないので、結局僕はルーとアーシアの間に座ることにした。

次第《しだい》に客席が埋《う》まっていき、あっという間にテント内の席が満席となる。いや、すごいな。こんなに人気があるとは。

『皆様《みなさま》、お待たせ致《いた》しました！　コンプレット一座、ブリュンヒルド公演を開幕致します！』

シルクハットを被《かぶ》った恰幅《かっぷく》のいい髭《ひげ》のおっさんが、拡声器のような魔道具《まどうぐ》で開幕を告げると、客席から歓声《かんせい》と拍手《はくしゅ》の雨が降り注いだ。あの人が団長かな？

さて、ショータイムの始まりか。いったいどんな舞台なのやら。

◇　◇　◇

盛大《せいだい》なドラムマーチとトランペットの音に合わせて、広いステージの左右から多数のサーカス団員が素早《すばや》い連続バク転で登場した。

そのまま左右から来たバク転の波が、中央でクロスしていく。よくぶつからないなあ。

そのまままるでトランポリンの上を跳《は》ねているかのように、人がポンポンと宙に舞《ま》っていく。

サーカス団員はそれぞれひらひらとしたカラフルな服に身を包んでいるので、ステージ上は花が咲《さ》いたかのような彩《いろど》りを僕らに見せていた。

「よくあんな一糸乱れぬ動きができますわね」

「きっとものすごく練習してるんだろうねえ」

規則正しい動きから生み出される一種の美しさに、隣に座っていたルーとのほほんとそんなやり取りをしていると、ステージ上に二人の男が現れた。

そのうちの一人が、手にしたリンゴを空中へと放り上げてジャグリングを始める。もう一人はそのアシスタントのようだ。

ジャグリングをする男が隣の男から追加のリンゴ次々と受け取り、リンゴは四つ、五つと数を増やしていく。最終的には十ものリンゴが宙を舞った。

その技に観客からは拍手が送られる。しかしジャグリング男はそれで終わらず、そのまま隣のアシスタントが差し出したナイフを手にして、次々にリンゴと入れ替《か》えていった。

あっという間に十個のリンゴは十本のナイフへと入れ替わる。しかしジャグリングは先ほどと同じように繰《く》り返されていた。おお、すごい。

そんな風に僕が感心していると、ジャグリング男のアシスタントが次に手斧《ておの》が入った木箱を持ち出して、両手に翳《かざ》し、観客にアピールしてきた。

え、今度はあれに替えるの⁉

ざわざわとなる観客を尻目《しりめ》に、ジャグリング男はナイフを宙に上げながらちらちらとタイミングを計るようにアシスタントの差し出す手斧を見ている。

僕らも話すのをやめ、固唾《かたず》を呑《の》んで見守っていた。次の瞬間《しゅんかん》、素早い動作でリンゴを替えたように、ナイフが次々と手斧に替わっていく。重さのためか数は減ったが、手斧がくるくると宙に舞った。

割れんばかりの拍手が観客席から起こる。僕らも思わず手を叩《たた》いていた。

「あら、あれは……」

「おいおい、まさか？」

アシスタントがステージに高さ三十センチほどの小さな丸太を立てて横に並べ始める。ジャグリング男の手前、横一列に斧と同じ数の丸太が並べられた。

ジャグリング男がその丸太の一番端《はし》の前に立ち、タイミングを見計らう。バックに流れるドラムロールがなんとも緊張感《きんちょうかん》を掻《か》き立てるな。

ダンッ！　と丸太に一本の斧が振《ふ》り下ろされたと思ったら、そのまま男は横に移動し、連続で斧を丸太に突《つ》き立てていく。

やがて最後の斧を丸太に突き立てると、やりきったジャグリング男はどうだと言わんばかりに両手を広げてみせた。そして再び拍手の雨が降る。

「いや、ドキドキしたね」

「ええ、失敗するんじゃないかと思いましたわ」

ルーと手を叩きながらそんな感想を言いあっていると、ジャグリング男は袖《そで》へと引っ込み、今度は自転車に乗った陽気そうな男が現れた。

ステージをぐるぐると回る男が、お客さんに片手を振ったかと思うと、さらにもう片方の手も離《はな》し、手放し走行をしながら両手を振っていた。

おお、僕も昔やったなぁ、などと思っていたら、サドルの上に立ち、片足でハンドルを操作し始めた。あれはやってない。できるか。

ステージの袖から続けて三人の自転車乗りが現れた。計四人の乗る自転車がステージ上を駆《か》け巡り、交差を繰り返す。ホントよく当たらないよなあ……。

ステージアシスタントがジャンプ台のようなものを持ち出してきた。跳《と》ぶのか。

一台の自転車がジャンプ台に向けて走っていく。勢いよく宙へと飛び出した自転車は空中でくるりと一回転し、見事に着地した。続けて他の三台も見事に回転着地を決めると、観客席から拍手が巻き起こる。

自分がこの世界に持ち込んだ自転車だが、すでにここの人たちは自らの手足のように操《あやつ》っている。あの自転車も普通のやつではなく、独自に改良されたやつのようだ。サスペンションのようなものがいくつか見られる。着地のショックを吸収させるためのものだろう。

自転車乗りの四人がまたくるくるとステージを回り始めると、今度は袖から長いロープを持った二人組が現れた。

端と端を掴《つか》んだ二人の男がロープをぐるぐると回し始める。ははあ、なるほど。縄跳《なわと》びか。

「なにをしているのでしょう……？」

「見てればわかるよ」

不思議そうに回るロープを見ているアーシアにそう僕は答える。

やがてロープを持っていた男がなにやら呪文《じゅもん》をつぶやくと、彼らが回していたロープにあっという間に火がついた。あれっ、僕の思ってたのとちょっと違う……。

炎《ほのお》に燃えるロープの中に自転車乗りが飛び込み、小さくジャンプさせて縄跳びを始めた。

うん、火までつけるとは思わなかったが、僕の思ってたやつだ。

というか、燃えるロープなんてよく持てるな。注意して見るとなにか厚手の手袋《てぶくろ》をしているようだ。不燃の手袋かな？　おそらくロープもただのロープじゃないんだろうな。

四人の自転車乗りが全員炎のロープの中へと入り、呼吸を合わせたようなジャンプをリズミカルに横並びで披露《ひろう》していた。数十回縄跳びをしたあと、スッスッスッと連続で脱《だっ》出《しゅつ》していく。

その後、アクロバットな動きをしながら自転車隊はステージから去っていった。

『さて、皆様！　お次は怪力無双《かいりきむそう》の豪傑《ごうけつ》、フル・パワーによる驚異《きょうい》の力自慢《ちからじまん》をお楽しみ下さい！』

シルクハットの団長が拡声器を手に紹介《しょうかい》すると、ステージ中央にあった幕が開き、全身の筋肉を強調させるポーズで佇《たたず》む剛力神が現れた。出たな、力の神。

両サイドにはウサギの耳をつけたアシスタントらしき女性が立っている。……いや、あれは兎《うさぎ》の獣人《じゅうじん》か。というか、女性の衣装《いしょう》がまんまバニーガールなんだけど。ハイレグ網《あみ》タイツではなくて、スカートタイプではあったが。

『ファッションキングザナック』のザナックさんに見せた地球のファッション画像にそう

いえばあったような……。作ったんだろうなあ……。

「ふんっ！」

パワーのおっさんはしゃがみこむと、両サイドの女性をその手に乗せて軽く立ち上がった。

観客席からどよめきが起こる。腕《うで》ではない。手のひらの上に乗せたのだ。女性一人を片手で持ち上げるその力にもだが、バランスを崩《くず》さず笑顔《えがお》で乗り続けるバニーさんも相当な技術がいると思う。

「ふんっ！」

それだけでは飽《あ》き足らず、パワーのおっさんは両手を頭の真上まで移動させた。パワーのおっさんの頭上にかざした両手の上で、二人のバニーさんが笑顔で観客席にアピールしている。

「すごーい！」

「力持ちなんだよ！」

リンネとフレイがその光景を興奮して観ている。あれくらいなら君らにもできそうな気もするが……ああ、手が小さいから無理か。

【パワーライズ】や【ブースト】を使えばお父さんにもできなくはないぞ。……って、なに張り合っているんだ、僕は……。

　ステージに下ろされたバニーさんが袖にはけ、なにやら二人掛《が》かりで持ってきたものは大盾《おおたて》であった。頑丈《がんじょう》そうな金属製のでかいカイトシールドだ。

　パワーのおっさんがバニーさんからそのカイトシールドを受け取る。

「ぬん！」

　めきょっ！　という音とともに、パワーのおっさんはいとも簡単にカイトシールドを真っ二つに折り曲げた。

「ぬん！」

　パワーのおっさんはその二つに折られたカイトシールドをさらに二つ折りに曲げ、四つ折りにしてしまった。

　パワーのおっさんのパワー（ややこしい）に、会場が盛り上がる。四分の一になった盾を掲《かか》げてパワーのおっさんはそれに応えていた。

　観客にポーズを決めて筋肉を見せつけるパワーのおっさんの背後に、ガラガラと今度は何十人もの団員たちに大型馬車の荷台が引かれてくる。

　荷台だけだ。馬はいない。無理すれば何十人も乗れる大型トラックサイズのやつだ。

　荷台を引いてきた団員たちが次々とその荷台に乗っていく。ざっと見てもその数は二十人は下らないだろう。

「おい、まさか」

どこからか観客席からそんな声が漏《も》れる。僕も一瞬《いっしゅん》だけ『まさか』と思ってしまったが、すぐに『でも、やれるんだろうなぁ』と達観してしまう。

僕らの期待通り、パワーのおっさんは二十人以上乗っている荷台に手をかけた。

「ふんぬっ！」

ぐいっ！　と両手でそれを持ち上げたおっさんは、荷台の下へと手をかけ直す。真下に潜《もぐ》り込んだパワーのおっさんの肩《かた》と頭、両腕に、全ての重さがのしかかっているはずだ。

しばしの静寂《せいじゃく》からドラムロールが流れる。ダンッ！　という音に合わせてパワーのおっさんがまるでウェイトリフティングを決めるがごとく、団員が乗る荷台を高々と頭上に持ち上げた。

「すげえ！」

「嘘だろ！」

「なんて力なの！」

驚きの声とともに万雷《ばんらい》の拍手が巻き起こる。うちの子供たちも楽しそうに手を叩いていた。

一人平均五十キロだとしても二十人でだいたい一トンか。一トンのウェイトリフティングなんて見たことないぞ。

しかもまだ余裕《よゆう》があるように見える。おそらくはそれ以上のことも可能なのだろう。しかし、あくまでサーカスショーの範囲内《はんいない》でと、力をセーブしていると見た。

「おとーさん、あの人すごいねえ！」

「むう、私でも【パワーライズ】を使ってもできるかわからないんだよ」

僕の前に座るリンネが振り向いてそうはしゃいだ声を漏らすと、その隣のフレイが感心したような声を上げていた。

【パワーライズ】は【ブースト】と同じく、自分の筋力を上げる身体強化の魔法《まほう》だからな。子供の筋力が強化されてもあそこまではいかない。リンネの【グラビティ】なら荷台の重さを軽くして、似たことができるんじゃないかとは思うけど。

「ふんっ！」

荷台を下ろしたパワーのおっさんが筋肉を強調させるようなポーズで観客たちにアピールする。いや、もうそれはわかったから。

「「「ふんっ！」」」

それを見てフレイ、ヨシノ、リンネの三人がおっさんと同じようなポーズをしていた。

真似《まね》しちゃいけません。ムキムキになりますよ？

「お？」

ステージに突然《とつぜん》ドラムの音が響《ひび》き始め、団員たちと、空になった荷台を担《かつ》ぎ上げたパワーのおっさんが袖に消えていった。

リズムを刻む軽快なドラムの音に続くようにトロンボーンやトランペットなどの金管楽器が彩りを加えていく。あれ、この曲って……。

ステージ中央の幕が上がり、楽団が僕らの目の前に現れた。一心不乱にドラムを叩いているのは誰《だれ》あろう、音楽神である奏助兄さんである。

やがてイントロが終わり、サックスがダンサブルなメロディを奏《かな》で始める。スウィングジャズの代表的なこの曲は、爺《じい》ちゃんが大好きだった曲の一つだ。

女子高生がビッグバンドを結成し、ジャズを演奏するという日本の映画でも使われた。

『K i n g　o f　t h e　S w i n g』の異名を持つジャズミュージシャンの代表曲。

曲に合わせて左右の袖から再びサーカス団員たちがバク転を繰り返しながら現れる。

全員が女性で、アラビア風……こっちでいうところのミスミドの民族衣装のような姿をしていた。

上半身は胸覆《むねおお》いだけ、下はダボッとしたハーレムパンツだが、シースルーで脚《あし》が透《す》けて見える。

ステージに並んだ女性団員たちの中央には舞踏神であるプリマさんがいた。

ダンサーのお姉さんたちが音楽に合わせて踊《おど》り始め、その艶《あで》やかなダンスに観客席（特に男性陣《だんせいじん》）から歓声が沸《わ》き起こる。僕？　奥《おく》さんに囲まれたこの状態でできるわけないじゃないですか。

時に軽《かろ》やかに、時に緩《ゆる》やかに、激しくもあり、そして華《はな》やかな魅惑《みわく》のダンスが観客たちの目を捉《とら》えて離さない。

さすが舞踏の女神。昨日はあまり感情を表に出さないタイプに見えたのに、ステージの上ではとても表情豊かに踊っている。

その周囲を彩るダンサーの女性たちもかなりのレベルなのだろう。プリマさんに合わせるように踊ったり、引き立てるように踊ったりと、変幻自在《へんげんじざい》のダンスを生み出していた。

いつの間に観客席から手拍子《てびょうし》が巻き起こり、テント内は熱狂《ねっきょう》の渦《うず》と化していく。

音楽神と舞踏神のコラボは、目にした耳にした人々を完全に虜《とりこ》にしてしまったようだ。

僕たちとて例外ではない。子供たちを始め、あのエンデやネイまでも手拍子をしてリズムに乗っていた。神の力恐《おそ》るべし。

大盛り上がりを見せた神々のステージが終わると、観客席が総立ちになり、拍手の雨《あめ》霰《あられ》となった。泣いている者もいる。無理もない。これほどのステージは滅多《めった》に見られるものじゃないからな。

「すごい、すごかった。私もあそこで歌いたい」

「私も！　かあさま、私も！」

桜とヨシノの母娘《おやこ》が一番テンションが高い。なだめるのに一苦労だ。

ステージでは新たな大道具が持ち込まれ、次の演目の用意が始まっていた。間を持たせるためか、奏助兄さんがピアノを弾《ひ》いている。ていうか、あのピアノ、城《うち》のだよね……？

バックバンドも一緒になって弾いている曲は、地球アニメの主題歌だった。大泥棒《おおどろぼう》の三代目が主人公のやつ。ジャズ調になっているが、なぜにそのチョイス……？

曲がかかっている間、ステージの端にあった樽《たる》に同心円が描《えが》かれた的や大きな板が並べられる。次はナイフ投げかな？

と、思ったら斧《おの》投げだった。このサーカス団、斧になんか思い入れでもあるんだろうか。

◇　◇　◇

『午前の部、皆様お楽しみいただけたでしょうか。休憩《きゅうけい》を挟《はさ》みまして、午後の部を始めます。しばらくお待ちくださいませ』

団長のアナウンスに観客席を離れる者がけっこう見られた。指定席ではなく自由席だと、午前の部だけ、午後の部だけという格安チケットもあるそうなのでその客だろう。あとはトイレや食事に行く人とかか。

僕らもちょうどいいので食事にすることにした。大きめなテーブルにルーが、どかどかっと重箱を積み上げる。多いな！

「さあさあ、遠慮なく食べて下さいまし！　お飲み物もご用意してありますわ！」

「取り皿はこちらにありますから各自取っていって下さいませ！」

ルーとアーシアが重箱の蓋《ふた》を取ると周りから、わあっという歓声が上がった。彩り鮮《あざ》やかな食材を使ったうまそうな料理が所狭《ところせま》しと並んでいる。様々な国の料理がいくつもの重箱に詰《つ》められていた。

「美味しそう！　いっただきまー……！」

重箱に詰めてあったおにぎりに手を伸ばそうとしたリンネの手を母親であるリンゼがむんずと掴んだ。

「ダメだよ、リンネ。食べる前には手を洗ってから。ね？」

「あ、そだった……」

リンゼが空中に水球を生み出すと、リンネや他の子供たちもそこに手を突っ込んで洗い始めた。僕らも【ストレージ】から熱いおしぼりを取り出して手を拭《ぬぐ》う。

「じゃあ、いただきます」

『いただきます！』

一斉《いっせい》に手が伸びて重箱から料理が瞬《また》く間《たま》に消えていく。あっという間に何箱か空になった。まあ、うちとエンデファミリー、それに神様ズまで加わったら当然の結果だけどさ。

中身が無くなった重箱を片付けて、ルーが再び指輪の【ストレージ】から中身の詰まった新しい重箱を取り出す。いったい何箱作ったのやら。

「うん、よく味が染《し》みてて美味しいのよ」

「にゃはは、お酒のおつまみに最高なのだ！」

花恋姉さんたちもご機嫌でルーとアーシアが作った重箱をつついている。ここって酒飲んでいいのか……？

酔花《すいか》が手にしたイーシェン産の焼酎《しょうちゅう》を見てふと思ったが、周りの指定席の客もワイン片手に談笑《だんしょう》してるからたぶん大丈夫《だいじょうぶ》なんじゃないかな。

「思ってたよりすごかったですね。私がベルファストの城で観たものとは比べ物になりません」

ユミナがそう語りかけてくるが、このサーカス団がおかしいのであって、たぶんその時見たサーカスはこの世界でごく一般的《いっぱんてき》なサーカスだったと思う。

「荷台を持ち上げたやつ、すごかったね！」

「私は幻影魔法《げんえいまほう》が綺麗《きれい》で楽しかった」

「ああ、あの魔法は綺麗だったねー。ボクも好き」

リンネとエルナ、アリスの三人がお稲荷《いなり》さんを手に午前中の演目を語り合っている。お父さんも使えるぞ、幻影魔法。

確かにステージだけじゃなく、観客席まで届く水中映像の魔法は見事だったが。まるで水族館にいるような気持ちになったからな。

あれは個人の無属性魔法なんだろうか。それとも魔道具かな？　博士あたりなら持ってそうだが。

「午後の部はどんなのをやるのじゃ？」

「最初は一時間くらいの舞台演劇をやるらしいわよ。『宮廷騒動記』だって」

スゥの質問に入口で渡されたパンフレットを見ながらリーンが答える。午後は演劇からか。

そういや演劇神……シアトロさんは出演するんだろうか。演出・監督《かんとく》はしているらしいけど、まさか王女様役とかじゃないよな……？

男が王女役とかさすがにないと思いたいけど、コメディならアリなのか……？

その光景をちょっと想像してみたが、すぐにやめた。無い無い。そんなの子供に見せたらトラウマになる。

「お芝居《しばい》、楽しみだね」

「生で観るなんて久しぶりですわ」

エルナとアーシアが微笑《ほほえ》みながらそんな会話をしていた。未来《むこう》じゃ演劇は僕《ぼく》があんまり観せなかったみたいだからなぁ。そのぶん楽しんでもらえるといいが。

神が自ら手がけた舞台なんだ。間違《まちが》いなく面白《おもしろ》い……はず。

でもこういうのは受け取る側の感性次第だからな。あまりにも大人向けだったり、社会風刺《ふうし》なんかをちりばめられても子供にはさっぱりだろうし。

シアトロさんは子供にも楽しめる、と言っていたから大丈夫だとは思うけれども。

「リンゼ、『宮廷騒動記』ってどんな話？」

こっそりとリンゼに尋《たず》ねてみる。何度か公演されているらしいからそれなりに有名な演目だと思うんだが。

「確か……村から出てきた女の子がひょんなことから王宮のメイドとして働くことになり、宮廷内《きゅうてい》でいろんな人たちに振り回されながらも、前向きに生きていく話だったかと思います。本で読んだわけではないので詳《くわ》しくはわかりませんけど」

なるほど。シンデレラみたいに王子様に見初《みそ》められたりするのかな？　それなら夢があって楽しい話な気もするけど。

「楽しみでござるな！」

「楽しみなんだよ！」

八重《やえ》とフレイが両手におにぎりを持ってもぐもぐと食べながらそうのたまう。相変わらずよく食うな……。フレイの母であるヒルダも若干呆《じゃっかんあき》れているようだ。

ふと横を見ると、エンデのところのメル、リセ、ネイの三人も同じようにがっついていた。

空の重箱が回収され、どどんっ！　とまたルーの手で新たな重箱が置かれる。もはやこのことも予想済みといった手際《てぎわ》の良さだ。

まあいい。今は料理を楽しむか。

僕は取り皿に取ってあった唐揚《からあ》げを一つ口へと運んだ。

◇　◇　◇

『な⁉　あの手紙を無くしたと申すか⁉』

『申し訳ありませぬ！　おそらくは城の中の誰かが持ち去ったものかと……』

国王陛下が青ざめた顔で宰相《さいしょう》に詰め寄る。それもそのはず、宰相が無くした手紙というのは、国一番と言われる歌姫《うたひめ》に宛《あ》てて国王陛下が書いた恋文《こいぶみ》なのだ。

それをこっそりと歌姫に渡すため、手紙を受け取った宰相が、ついうっかりサロンに置き忘れてしまった。慌《あわ》てて戻《もど》ったものの、手紙は影《かげ》も形もなくなっていたのだ。

『もしもあの手紙が王妃《おうひ》様の手に渡れば……』

『お、恐ろしいことを言うな！　余はまだ死にとうはないぞ！　な、なんとしてもあの手紙を見つけねば……！』

国王があわあわながら宰相とともに部屋を出ていく。途中《とちゆう》、慌てて椅子《いす》に足をぶつけて、片足で痛そうに飛び跳ねながら。こけつまろびつ逃《に》げ去るその姿に観客席から笑い声が上がった。

「あんなに怖《こわ》がるのなら浮気《うわき》なんかしなければいいのにねえ」

「なんでそんなことするんだろ」

背後からクーンとフレイの声が聞こえる。やましいことなどないはずなのに、なぜかドキッとするのはどうしてだろう。同じ国王だからだろうか。

というか、子供にこんなの観せていいのだろうか。

午後から始まった演劇、『宮廷騒動記』はひょんなことから王宮のメイドとして働くことになった、平民の女の子を主人公にした物語だ。

先ほどの手紙を彼女《かのじょ》が拾ったことで、王宮で暮らす人々のドタバタとした喜劇を描いている。

歌姫に熱を上げている国王に、人の恋愛《れんあい》ごとに首を突っ込みたがる王妃。金に目がない宰相に、空気を読まない剣術《けんじゅつ》馬鹿の騎士団長《きしだんちょう》。ドジな料理長に、見栄《みえ》っ張りなメイド長と、キャラクターそれぞれに個性があり、一人の行動の顚末《てんまつ》が他の人に大きな影響《えいきょう》を及《およ》ぼすようになっている。

というか、こんな人たちで大丈夫なのか、この国……。

僕の不安をよそに、舞台の上では主人公が持っていた手紙を苦労してすり替えた国王が馬鹿みたいに高笑いしていた。

『やったぞ！　ついに取り戻した！　これで……な、なんだこれは⁉　飲み屋の請求書《せいきゅうしょ》ではないか！』

『どこかで入れ替わったみたいですな』

『うぬぬ！』

宰相の言葉に国王が悔《くや》しげに唸《うな》る。先ほど主人公とぶつかったドジな料理長が自分の手紙（請求書）と間違えて持っていってしまったのだ。

このようなパターンで目的の手紙があっちにいったりこっちにいったりするたびに、王宮の人々が右往左往することになる。その必死さに毎回観客席から笑いが起こっていた。

「確かにこれは騒動記《そうどうき》だな」

「登場人物はみんな真面目ですのに、はたから見たら喜劇ですわね」

必死こいてドタバタと追いかけっこしている俳優たちの姿を見て、ルーがそんなことをつぶやく。

『人生は近くで見ると悲劇だが、遠くから見れば喜劇である』とは、かの喜劇王、チャールズ・チャップリンの言葉だが、ホントその通りだよなあ。

「あっ、王子様だ！」

ヨシノの言葉に舞台へ目を戻すと、転んだ主人公の女の子に手を差し伸《の》べる金髪《きんぱつ》のキラキラとした美形の青年がいた。なるほど、確かに王子様だ。

『大丈夫かい？　立てるかな？』

『は、はいっ！　立てます！』

手を取って女の子を立たせてあげるその姿は、一分の隙《すき》もないまさに王子様であった。

僕も立場上、いろんな王子様を見ているが、あれほど板についた王子様はいないだろう。周りの観客（主に女性陣《じょせいじん》）も蕩《とろ》けるような熱視線を向けている。もちろんうちの女性陣は別だが。パーティーなどである意味見慣れているからね。

しかしあの王子様、どこかで……？

「あっ⁉」

「ど、どうしましたか、お父様？」

「あ、いや、なんでもない。ごめんよ」

びっくりさせてしまったアーシアに謝《あやま》る。この既視感《きしかん》の正体がわかった。

あの王子様、シアトロさんじゃないか！　信じられん。さすがは演劇神というべきか、見事な化けっぷりだ。

あのなよっとした、エセパンクロッカーみたいな姿からは想像もつかない変わりようだ。

演劇なのだから演技をしてるんだろうけど……。本当に別人だな……。ああいうのをカメレオン俳優というのだろうか。

シアトロさんの役どころは理想の王子様である。誰にでも優《やさ》しく、武勇に優《すぐ》れ、人々に信頼《しんらい》される王子様だ。

「うちの王子様とはだいぶ違《ちが》うね」

ぼそりとヨシノがそんなことをつぶやく。ん？　うちの王子様？

「弟君はキリリとしたタイプじゃないから仕方ないわよ」

「あの子はのんびりしすぎなんだよ。訓練もあんまりやりたがらないし」

ヨシノのつぶやきにクーンとフレイが反応する。ちょっと待て、その王子って、うちの……つまり僕の息子《むすこ》さんか？

「アリスにとっては王子様なんだろうけど……」

「え、王子様だよ⁉　優しいし、カッコいいよ⁉」

エルナの言葉にアリスが反論する。確かアリスはうちの息子が好きなんだっけか。

そのアリスの後ろでエンデがこっちを睨《にら》んでいる。知らんがな。

「早く久遠《くおん》もこっちに来ればいいのになー」

「あの子のことだから、のほほんと知り合った大人たちに囲まれてチヤホヤされていそうですわ」

「くおん⁉」

リンネとアーシアの言葉に僕はびっくりして声を出してしまった。

リンネが振り返り、あっ⁉　と、口を押《お》さえている。しかし、彼女がうっかりと口に出したその名には僕は聞き覚えがあった。馴染《なじ》み深《ぶか》い、とても身近な名前。

リンネの隣《となり》に座っていたリンゼが、驚《おどろ》いている僕に声をかけてくる。

「ど、どうしたんですか、冬夜さん？」

「い、いや、その……『久遠《くおん》』って名前……。僕のじいちゃんの名前なんだよ」

「えっ⁉」

僕の告白に驚くみんなだが、僕も驚いている。……そうか。僕は息子にじいちゃんの名前を付けたのか。

望月久遠《もちづきくおん》。

確かにしっくりくる。そりゃ実在した祖父の名前なんだから当たり前だ。

心配があるとすれば、あのじいちゃんのように破天荒《はてんこう》な性格にならないかということだが。『名は体を表す』って言うしなあ……。

こっちだとクオン・ブリュンヒルドとか名乗るんだろうか。外交的にはその方がわかりやすいんだろうけど。

「ほらほら、ちゃんと舞台《ぶたい》を観ないと話がわからなくなるのよ？　余計な話はやめるのよ」

「はーい」

子供たちに久遠のことを聞こうと思ったら、花恋姉さんのストップが入った。おのれ。

七女であるリンネよりも下ってことは、八番目か九番目の子……五つか六つ、か。

男の子とはいえ、大丈夫かな……。冒険者《ぼうけんしゃ》金銀ランクの強さを持っているとはいうけど、心配だ。

僕は名前が発覚した息子の行方《ゆくえ》が気がかりになり、舞台上の演劇になかなか集中できないでいた。

◇　◇　◇

エルフラウ王国の東にある王都スラーニエン。そこからだいぶ離れたところにツェレツニーの町はあった。

それほど大きくもなく、かといって小さくもない町である。大都市と大都市の間で栄えた、中継点《ちゅうけいてん》のような町であった。

町をぐるりと囲む壁《かべ》の外は多くの雪で覆われているのに、町中には驚くほど雪が少ない。これは町全体が暖気を保つ結界で守られているからだ。

エルフラウの町は大抵《たいてい》この結界が張られていて、町中であれば、そこまで寒くはない。しかしそれでも寒いことには変わりないので、住民はみな冬の装《よそお》いであるのに、五歳《さい》か六歳くらいのその少年は、まるで春に野原へと出かけるような格好をしていた。服の仕立て自体はいいものである。どこからどう見てもいいとこの坊《ぼ》っちゃんだ。だがしかし、決して雪の降る町をぶらつく格好ではない。

周りの住民も声はかけないが、奇異《きい》の目で見ているのがわかる。

「おい、坊《ぼ》っちゃんよ。寒くねぇのかい？」

「寒いです」

その姿にいたたまれなくなったのか、思わず話しかけた屋台の店主に少年はノータイムで答えた。

「ならなんでそんな格好をしているんだ？」

「のっぴきならない事情がありまして。そうだ、この辺に服を売っているところはありませんか？」

「服か？　この通りを少し行ったところに服を売ってるところがあるこたあるが」

「そうですか。どうもありがとうございます」

ぺこりと頭を下げて、少年はまた歩き出した。礼儀《れいぎ》正《ただ》しいその姿に、屋台の店主はやはり貴族のボンボンなのかな、と独りごちる。

通りをまっすぐに進むと、やがて鎧《よろい》の描かれた看板が見えてきた。おそらくあれが店主の言っていた店だろう。服飾店《ふくしょくてん》というよりは防具屋であるようだが。

カランコロンとドアベルを鳴らして中へ入ると、やはり防具屋らしく、いろんな鎧や兜《かぶと》、籠手《こて》などが所狭しと置いてある。

その中には厚手のコートやマント、あったかそうなブーツなどもあった。

中には何人かの先客がいたが、カウンターが空《す》いていたので、ここの店主らしき人物に声をかける。

「あの、すみません」

「おう、いらっしゃい。ずいぶんと涼《すず》しそうな格好だな、ボウズ」

やはり露店《ろてん》の店主と同じようなことを言われる少年。それほど彼《かれ》の身につけているものは、この地に場違《ばちが》いであった。

「実は防寒着が欲《ほ》しいのですが、あいにくとお金を持ってないのです」

「金が無いんじゃさすがに売れねえなあ。うちも商売なんでな」

「ええ、わかっています。なのでこれで売っていただけないかと」

少年が自分の服の袖についていたカフリンクスを外し、店主へと差し出す。訝《いぶか》しげにそれをつまみ上げた店主の目が唐突《とうとつ》に開かれた。

「おい、これっ……！　まさかオリハルコンか⁉」

「そうです。それくらいの大きさでも一つ金貨三十枚は下らないはずですが」

伊達《だて》に防具屋をしているわけじゃないらしく、店主はすぐにそのカフリンクスの価値を理解した。

伝説の金属オリハルコン。滅多に出回ることがなく、ほとんどが国で取り扱《あつか》いされるほどのものだ。店主は一瞬偽物《いっしゅんにせもの》かとも思ったが、若い頃《ころ》に一度だけ見たオリハルコンの特徴《とくちょう》とまったく同じだと気付いた。出どころはともかく、間違いなく本物だ。

少年は金貨三十枚と言うが、店主はその倍以上の価値があるものだと睨んだ。このオリハルコンでコーティングした防具が作れたなら、ものすごい価値になる。

「いや……こりゃあ参ったな……。うちの防寒着とこいつじゃとても釣《つ》り合わねえよ。だが、こいつは是非《ぜひ》売ってもらいたい。店の金庫から金を取ってくるからちょっと待っててもらえるか?」

「はい。あとそれ以外のものもいくつか買わせていただきますので」

「わかった。じゃあ買う服を見繕《みつくろ》っとけ。奥のやつは魔法の付与《ふよ》がついているやつだからな」

そういうと、店主は奥の部屋へと引っ込んだ。

少年は言われた通り、防寒着コーナーへと足を向ける。

ほとんどが大人向けのものであったが、子供サイズのものもいくつかあった。子持ちで旅をする冒険者も少なくはない。そういった子供たち用のものであろう。

数がそれほどないので、好みにぴったりなものがないのが難点だなと少年は思った。

「まあ、強《し》いて選ぶならこれかな……。耐寒耐熱《たいかんたいねつ》の付与がついているみたいだし。だけど、父上のコートと被《かぶ》るなあ」

うーむ、と少年は少しばかり悩《なや》んだ。悩んだ結果、同じコートでも色は黒いものをその手に取ることにした。

「アリスあたりなら褒《ほ》めてくれそうだけど、姉上たちにはセンスがないとか言われそうです」

少年は幼馴染《おさななじみ》の少女と姉妹《しまい》のことを思い出して少し笑ってしまった。

彼女たちもすでにこの時代に来ているだろうか。自分のようにスマホさえ落とさなければこの時代の家族へと連絡《れんらく》がすぐ取れるはずだ。

「だけど、ここからどうやってブリュンヒルドへ行こうかな……」

この時代にはまだエルフラウ、ブリュンヒルド間の魔導《まどう》列車はないはず。普通《ふつう》に考えて馬車か徒歩だ。

ここまで運んでくれたスノラウルフは騒《さわ》ぎになるので別れてきた。幸いエルフラウからはレグルスを挟んで地続きだし、ひと月もあればなんとか行けるかもしれない。

「……ま、ゆっくり行こうっと」

少年はのほほんとそう決定した。急いだって仕方がない。長姉《ちょうし》や四番めの姉のように転移魔法を持っているわけではないのだ。これは仕方のないことなのだ、うん……などと、自分を納得《なっとく》させて一人頷《うなず》く。

「上着はこれでいいとして、エルフラウを出るまでは手袋《てぶくろ》とブーツもいるかな」

あまりいいものではないが、寒さを凌《しの》ぐには充分《じゅうぶん》なものがどちらも売っていた。暖をとる【ウォーミング】の魔法が使えれば不要なものだが、あいにくと少年は火属性の適性を持ってはいなかった。

姉弟《きょうだい》妹全て無属性の魔法を持ってはいるが、六属性魔法の適性を持っているのは四人だけである。

スマホを落としてしまったので、【ストレージ】も使えない。荷物を入れるリュックもいるだろう。『ストレージカード』が売っていればよかったのだが、この時代の東方大陸ではまだ普及《ふきゅう》前のはずだ。

落としたスマホはロックがかかっているため、自分以外は起動させることはできないが、【ストレージ】の中には大切なものも入っている。ブリュンヒルドに帰り着いたらすぐに父に見つけてもらおうと少年はそう思った。

手袋とブーツ、それにリュックと細々としたものを選ぶと、やがて店の奥から店主が戻ってくる。

「決まったか?」

「はい、これらをいただきます」

カフリンクスを売ったお金から防寒着他の料金を引いてもらい、少年は多額の路銀を手に入れた。ついでに買った財布《さいふ》の中にそれを入れる。財布といっても馬皮をなめした袋《ふくろ》に、紐《ひも》がついた簡易的なものだ。

それを腰《こし》に結《ゆ》わえ、さっそく買ったものに着替《きが》えて外に出る。

「うん、寒くない。これでなんとか旅ができそう。となるとあとは……」

ぐうううう……。と自己主張をするかのように少年の腹が鳴った。

「お腹《なか》減った……」

そういえばこちらの時代に来てから何も口にしていない。スマホさえあれば【ストレージ】におやつがいくつか入っていたのだが。

しかし少年の手にはお金がある。これでなにか美味《おい》しいものを食べよう、と町の中央部に向かっていると、進行方向に三人の男たちが立ち塞《ふさ》がった。

「よう、坊っちゃん。懐《ふところ》のものを俺《おれ》たちに恵《めぐ》んじゃくれねぇか？」

ニタニタとした笑いを浮《う》かべ、少年に声をかける男たち。三人とも若いがガラの悪い風《ふう》体《てい》で、冒険者《ぼうけんしゃ》崩《くず》れといった格好をしていた。よく見ると、そのうちの一人は先ほどの防具屋にいた客の一人だった。どうやら店主との会話を盗《ぬす》み聞きしていたらしい。

仲間を呼んで先回りし、待ち伏《ぶ》せしていたのだろう。

「痛い目にあいたくなければ財布の中身を全部よこしな」

「お断りします。盗賊《とうぞく》のいうことをきく義理はないので」

少年は怯《おび》えることなく、きっぱりと拒絶《きょぜつ》の言葉を口にする。一方、子供に盗賊扱いされた三人は青筋を立てて怒《ど》鳴《な》り出した。

「誰が盗賊だ！　ガキのくせにナメた口をききやがって！」

「力を誇示《こじ》して脅《おど》し、金品を奪《うば》う。盗賊とどこが違うんです？　やってることは同じでしょう？　子供でもわかることなのに……頭、大丈夫ですか？」

「このクソガキ！」

一人が少年に駆《か》け寄り、横蹴《げ》りを入れようと片足を大きく振《ふ》り上げた。

「【スリップ】」

「うわっ⁉　がっ⁉」

蹴りを入れようとした男が軸足《じくあし》を滑《すべ》らせて地面に後頭部をしたたかに打った。かなり強打したらしく、頭を押さえて悶絶《もんぜつ》している。少年は倒《たお》れた男に目もくれなかった。

「ちっ、なにしてやがる！」

残りの二人のうち、片方が少年の胸《むな》ぐらを掴《つか》もうと手を伸ばしてきた。しかしその手は少年の小さな手にパンッ、と弾かれる。

「【パラライズ】」

「ぐがっ⁉」

どうっ、と手を弾かれた男は前のめりに頭から地面へと倒れた。身体が小さく痙攣《けいれん》している。一目で状態異常であることがわかる。いったい何が起こったのか、男たちにはわからなかった。

「ぼくは姉さんたちと違って荒事《あらごと》が苦手なんです。手加減なんてできませんので悪《あ》しからず」

「なっ、なんだこのガキ⁉　なにしやがった⁉」

「なにと言われても……盗賊退治？」

そう言いながら少年は、頭を押さえて悶絶していた男にも触《ふ》れる。

同じようにその男も小さく痙攣し、動きを止めた。

倒れて動かない仲間を見て、最後の一人が怯えた目を向ける。なんだこれは？　金持ちのガキを脅して財布をいただく。簡単な話だったはずだ。なのになんで二人が倒れて、自分は追い詰められている⁉

「ああ、盗賊退治なら賞金が出るんですかね。お兄さんたちって、賞金首です？」

「くっ！」

「あ」

残された男が少年に背を向けて走り出した。男は直感した。このガキはやばい。いや、こいつはガキなんかじゃない。なにか得体の知れないモノだ。

「逃がしませんよー」

「なっ⁉」

少年の右目が金色に変化する。金色といっても黄色に近いイエローゴールドと呼ばれる色だ。

その視線が逃げる男を捉えた瞬間《しゅんかん》、男の身体はまるで石にでもなったかのように静止してしまった。

息はできる。目もかろうじて動かせる。しかし身体はまったく動かない。いや、身体が動かないのではない。動かないだけならば、走っているこの前傾《ぜんけい》姿勢を維持《いじ》することはできない。

まるで時が止められたように、男はその場に固まっていた。

「瞬《まばた》きしちゃうと解けちゃうから、こっちも【パラライズ】っと」

「ぐはっ!?」

同じように三人目の男も地面へと倒れる。ものの数分で三人の男が五、六歳ほどの少年に完膚《かんぷ》なきまでに無力化されてしまった。

「さて。この盗賊、どうしようかな?」

普通、こういった場合は騎士団詰所《きしだんつめしょ》に連絡し、捕《と》らえてもらうのが一般的だ。

しかし騎士団詰所などに行ったら最後、いろいろ聞かれて面倒《めんどう》なことになるに決まってる。自分の本当の身分を話したところで信じてはもらえまい。

それに少年はとてもお腹が空いている。そんな下らないことに時間を取られるのはまっぴらごめんだった。うん、ごめんだ。

少年の中で、盗賊たちはこのまま放置して去ることに決定した。

「その前に、と」

少年は三人を引きずって、道の木陰《こかげ》へと押し込み、その身体から財布を奪い取った。なにも自分の物にしようというわけではない。ちょっとした嫌《いや》がらせである。

「けっこう持ってますね。……なのになんで人の財布を奪おうとするかなあ」

言いながら、少年は三人の財布の中身をその前の通りに盛大《せいだい》にぶちまけた。ほとんどが銅貨であったが、銀貨も何枚か交ざっている。

木陰に倒れている三人が声にならない悲鳴を上げる。

「親切な人ならちゃんとお金を騎士団に届けてくれると思いますよ。動けるようになったとき、お金が残ってるといいですね？」

天使のような悪魔《あくま》の笑顔《えがお》で少年――望月久遠《もちづきくおん》はにっこりと微笑む。

盗賊に人権はない。それが父と母たちに教えてもらったことである。姉たちがここにいたなら『生温《なまぬる》い』と言いそうだが。

ついでにと武器と防具もひっぺがし、通りの方へぶん投げておいた。

ぐうぅぅぅぅぅ……、と再び久遠のお腹が鳴った。そろそろ限界が近い。

「ルー母様ほどじゃなくても、美味しいものがあるといいなあ」

ズレたリュックを背負い直し、少年はちらちらと雪の降る中を歩き始めた。

寒さで凍《こご》え死《し》ぬ寸前に助け出された冒険者崩れの三人は、ガタガタと震《ふる》えながら『悪魔を見た』と喚《わめ》いていたが、騎士団の取り調べにより、前科があることがばれたので即刻《そっこく》お縄についた。

なお、所持金は鉄貨一枚も戻ってこなかったそうである。

第四章　祖父母と孫娘たち

「では、この国での舞台の成功を祝いまして、」

『カンパーイ！』

シアトロさんの掛《か》け声で、サーカス団員のみんなが手にしたグラスを掲《かか》げる。

一週間の公演を終えたサーカス団、コンプレット一座の打ち上げ会場にと、うちの城の遊戯室《ゆうぎしつ》を開放してあげた。もちろん飲食込みでだ。

地上に降りてきた三神、演劇神、剛力神《ごうりき》、舞踏神《ぶとう》である、シアトロさん、パワーのおっさん、プリマさんをはじめ、団長さん以下団員の全員が会場に集まっていた。

真昼間から酒というのもどうかと思うが、慰労《いろう》の意味もあるので僕の方から色々と差し入れをしておいた。

「こ、公王陛下におかれましては、このような場をお与《あた》えくださり、誠《まこと》に感謝これなく……」

「気にしないで下さい。国民を楽しませてくれたお礼ですから。次もまた来ていただければ」

深々と僕に頭を下げる団長さんに、パワーのおっさんが声をかける。

「向こうがいいと言ってるんだ。遠慮《えんりょ》することはないぞ。じゃんじゃん飲んで食え、団長。タダなんだから食わんと損だぞ」

「おっ、お前、なに失礼なこと言って……！」

傍若無人《ぼうじゃくぶじん》とも取れるパワーのおっさんの発言に、焦《あせ》りの色を浮かべた団長さんだったが、そこに乾杯《かんぱい》の音頭《おんど》を終えたシアトロさんがやってきた。

「気にすることないわよ～。冬夜《とうや》ちゃんとアタシたちは親戚《しんせき》みたいなものなんだから。そうよね？」

「まあ、そうなる……のかな？」

親戚ねえ。兄とか姉とかじゃないならまあ、それでもいいけどさ。当たらずとも遠からずって感じだし。

団長さんはシアトロさんの『冬夜ちゃん』呼びにしばしポカンとしていたが、やがてなんとか状況《じょうきょう》を受け入れて、もう一度僕《ぼく》に頭を下げて団員たちと同じく酒を飲みに行ってしまった。

ちなみにこの会場にはユミナたち王妃《クイーン》ズと、花恋《かれん》姉さんら神族、それとうちの重臣の面々はいるが、子供たちはいない。さすがにお酒を飲んでいる場に連れてくるのもね。

子供の格好をした酒神は先ほどからあそこのカウンターで飲んでいますが。

「にゃはははは！　おいちーね！　次はどれ飲もっかなー！」

遠慮なく飲んでるなあ。お前のためのパーティーじゃないんだぞ？

酔花の横では舞踏神であるプリマさんが静かにワイングラスを傾《かたむ》けている。

その二人を見てシアトロさんが微笑みながら口を開いた。

「みんなも楽しんでいるみたいね。まさか地上でこんな風に会えるなんて思わなかったわ」

「地上に来てどうですか？」

「最高よ～。何万年ぶりかの休暇《きゅうか》をとても有意義に過ごしているわ。神界《うえ》に帰ったら自慢《じまん》しちゃうくらいにね」

何万年ぶりって。働き過ぎでしょうが。いや、この神《ひと》たちには働いているという意識はあまりないのかもしれないけど。給料ないしな。存在自体が役割のようなところもあるし。

「冬夜ちゃんの子供たちも連れてくればよかったのに。会いたかったわ～」

「身内だけのパーティーならいざ知らず、こういった場では迷惑《めいわく》をかけるかもしれませんし。見送りの時にでも会わせますよ」

コンプレット一座は明日一日はテントなどの解体、撤去《てっきょ》作業にあたり、明後日には次の公演場所へと出発するんだそうだ。

次はベルファストの王都らしい。ユミナの弟のヤマト王子にも見てもらいたいな。まだ一歳ほどじゃわからないかな？

「しかし、貴方《あなた》も大変ねェ。新神《しんじん》なのにいきなり世界を任されて」

「自分でもよくわかってないんですけどね……。花恋姉さんたちがサポートしてくれているので、まあなんとか」

実際この世界のために何をすればいいのか、よくわかっていない。以前は襲《おそ》ってくるフレイズたちを倒していれば世界のためになると思っていたが。

「この世界が滅《ほろ》びるようなことになったら、アタシたちのせっかくの保養地が無くなっちゃうからねェ。頑張《がんば》ってちょうだいな」

「肝《きも》に銘《めい》じます……」

うう。あまりプレッシャーをかけないでほしい。

「なんかまた変なのがこそこそと動いているみたいだしね。気をつけなさいよ？」

「変なの？」

「邪神《じゃしん》の残党よ。なにか良からぬことを企《たくら》んでいるんでしょうけど……。そっちはアタシたちはノータッチだからねェ」

『邪神の使徒』とやらか。確かにこれは神族とはいえシアトロさんたちには無関係だ。これは僕《ぼく》らが片付けなければならない。世界神様が言ったように散らばったゴミ掃除《そうじ》と同じだ。

「ま、旅の途中で気になることがあったら連絡するから、そっちも頑張ってちょうだいな」

ひらひらと手を振って、シアトロさんはみんなの輪に戻っていった。

例の『方舟《アーク》』強奪《ごうだつ》事件と、アロザ島を襲った半魚人……どちらも『邪神の使徒』が裏で暗躍《あんやく》している。あいつらはなにをしようとしている？

やはり目的は邪神の復活、あるいは新たな邪神の誕生なのか？

せっかく平和になったというのに、また世界を引っ掻《か》き回されてたまるか。絶対に潰《つぶ》してやるからな。

……とはいえ、今のところできることはほぼないんだけどねえ。

「冬夜」

「冬夜さん」

僕がうーん、と虚空《こくう》を睨み、考えにふけっていると、手隙《てすき》になったエルゼとリンゼがこちらへとやってきた。

「お疲《つか》れ。みんなの方は大丈夫《だいじょうぶ》？」

「王妃様や王女様の相手をするよりは楽ね。いつもこうならいいんだけど」

エルゼはあまりパーティーが好きではない。いや、パーティーが嫌《きら》いなのではなく、堅《かた》苦《くる》しい場が苦手なのだ。

世界会議など各国の首脳陣《しゅのうじん》が集まるような場だと、どうしても『ブリュンヒルド』という看板を背負った王妃として対応せざるをえなくなる。その緊張感《きんちょうかん》が苦手なのだろう。

リンゼの方はだいぶ慣れた感じがする。もともと人見知りの彼女だが、逆にそういった場では違う自分を演じているようにも感じる。『ブリュンヒルド王妃』という自分を。

ま、それも彼女の一部には変わりないのだが。

「子供たちも連れて来たかったですね」

「いや、昼とはいえこんなに酔《よ》っ払《ぱら》いがいる場はね……。教育に悪い」

酒を浴びるように飲んで、すでにできあがっている一角を見ながら僕はリンゼに答えた。

この世界では大抵十五歳ほどで飲酒が許される。もしも子供たちをここに連れて来て、酒に興味を持ったらどうする？　娘《むすめ》たちを呑兵衛《のんべえ》にする気はないぞ、僕は。

幸いなことに僕の奥《おく》さんたちはあまり酒に興味を示さない。リーンとルーくらいか。リーンはワインを嗜《たしな》む程度だし、ルーは料理に合う酒を見つける時に試飲するくらいだが。

「あの子たちおとなしくしてるかしら」

「大丈夫だろ。琥珀《こはく》たちがみていてくれているし」

子供たちの世話は琥珀たち神獣《しんじゅう》とアルブスがみてくれている。何かあれば念話で連絡が来るはずだ。

「どこに行くって言ってたっけ？」

「『パレント』に。ケーキを食べてくるとかで、お金を渡《わた》しましたけど」

アエルさんの喫茶店《きっさてん》『パレント』か。まあ、あそこなら子供たちだけでも問題ないだろ。

……騒ぎすぎて他の客の迷惑にならないといいけど。

やっぱりちょっと心配だなあ。シアトロさんたちには悪いけど、早めに抜《ぬ》けさせてもらって迎《むか》えに行くか。

◇　◇　◇

「八雲お姉ちゃんに久遠《くおん》もだけど、ステフも遅《おそ》いね」

残り少なくなった果汁水《かじゅう》をストローでズズッと吸いながら、リンネがつぶやいた。

「ステフはあの時どこに？」

「んー、久遠の横にいたんじゃないかな。よくわからないけど」

クーンの言葉にフライドポテトをつまみながらヨシノが答える。ステフは彼女《かのじょ》たちの末の妹だ。ちょうど五つになる。

「するともう二人ともこの時代に来ていてもおかしくないですわね。連絡くらいすればよろしいですのに」

「スマホを落としたのかも。私たちも川に落としたから……」

アーシアのぼやきにフォローを入れるようにエルナが答えた。こちらの時代に着いた時、エルナとリンネはスマホをガウの大河に落とした。あれがなくなってはブリュンヒルドや姉妹弟《きょうだい》たちに連絡することもできない。

八雲やヨシノのように転移魔法《まほう》が使えるなら問題ないのだが。

「八雲お姉様は心配ないとして、問題は久遠とステフね……」

「久遠は問題ないのでは？　あの子、ちゃっかりしてますし、外面《そとづら》だけはいいですわよ？」

実の弟に対して辛辣《しんらつ》な言葉を投げるアーシア。それに対して誰一人《だれひとり》として反論しないところが、この姉妹弟《きょうだい》らしいところではある。

「甘《あま》いわね。久遠はお父様と同じく、厄介《やっかい》ごとを引き寄せる体質よ。お父様が言う『トラブルメーカー』ってやつね。本人にその意図がなくても変なのが周りに寄ってくるのよ。釣り餌《えさ》におびき寄せられた魚のように」

「ああ……確かに」

クーンの指摘《してき》にアーシアが頷く。弟はまったく無害のように見えるが、その実、姉妹弟《きょうだい》の中でもそういったトラブルに遭《あ》う確率が高い。誘拐《ゆうかい》されかけたことも一度や二度ではないし、やり過ぎてしまったことも一度や二度ではない。

「まあ、だからといって、久遠がどうにかされるとは思いませんけど」

「あの『七つの魔眼』があればなんとかできるよね。運が良ければもうそろそろこっちに着くかも。そうなるとやっぱりステフの方かなぁ。あの子、落ち着きないから心配だよ」

お姉さんぶるリンネに他のみんなから生温かい視線が向けられる。七女であるリンネにとってはどちらも自分より下の弟妹《きょうだい》ではあるが、他の姉妹にとってはリンネも大して変わらないように思えたのだ。落ち着きないのはお前も同じだろう、と。

「ところで……。いいかげん、会話に入っていただけますか、フレイお姉様。それとアリス」

「もご？」

「ふぇ？」

彼女の横で『パレント』特製、ジャンボパフェに挑戦《ちょうせん》していたフレイとアリスにジト目を向けるクーン。二人とも顔中生クリームまみれにしてパフェを頬張《ほおば》っている。

「大丈夫大丈夫《だいじょうぶだいじょうぶ》。久遠もステフも無事だよ。うちの家族をどうにかするなんて、神様でもなきゃ無理なんだよ」

「その神の力を持った輩《やから》がいるから心配なのですけれど」

『邪神の使徒』。父親の倒した邪神の力を受け継《つ》ぐ輩たちがこの時代でなにか画策している。

時空神である時江《ときえ》が言うには、時の流れというのは本来、支流がいくつもあり、それぞれ違《ちが》った未来があるという。

しかし時の精霊《せいれい》の力を借りた自分たちがいるこの世界の時の流れは、しっかりと固定されているらしい。この時代でどのようなことをしようと、元いた未来へは影響《えいきょう》がないように時の精霊の力によって改変される。

このままいけば普通に未来へと戻《もど》り、元の時代、元の世界へと戻るはずなのだ。

だが、ここに『邪神の使徒』という不確定要素が加わると、時の流れがどう変化するかわからなくなる。時の精霊の力も神の力には敵《かな》わない。時の流れが多少なりとも変化すれば、自分たちのいた未来へは辿《たど》り着けなくなる可能性もある。最悪、自分たちの存在さえ――。

「はい、ストーップ。クーンちゃんが何を考えてるかわかるけど、考えるだけ無駄《むだ》なんだよ」

「ですが……」

「お父様とお母様たちがいるんだよ？　大丈夫大丈夫。そんな心配してないで、パフェを食べるといいんだよ。ほら、あーん」

差し出されるスプーンにいささか面食《めんく》らったクーンだったが、姉に言われるがままにぱくりとそれを口にする。口の中に濃厚《のうこう》な生クリームの甘さが広がっていく。

「はあ……。フレイお姉様と話していると、あれこれ考えているのが馬鹿らしくなります……」

「クーンちゃんが考えすぎるだけなんだよ。要は『邪神の使徒』ってのを潰せばいいんだよ。簡単だよ」

「まあ、そうですけど」

抜けてるようで鋭《するど》いこの姉にそう言われると、簡単なことのように思えてくるから不思議だ。

「せめて、クロム・ランシェスの『方舟《アーク》』が奪われず、こちらの手にあればよかったんですけど」

クーンがちらりと自分たちの隣《となり》のテーブルに座《すわ》る『白』の王冠《おうかん》、イルミナティ・アルブスに視線を向ける。

一緒《いっしょ》に座る琥珀、瑠璃《るり》、珊瑚《さんご》と黒曜《こくよう》、紅玉《こうぎょく》が自分たちと一緒に注文したスイーツをパクついている中、食べる機能のないアルブスは所在無げにただ椅子《いす》に座っていた。

そんなアルブスにクーンが話しかける。

「アルブス。もう一度聞くけど、向こうは『王冠』を手に入れていると見ていいのかしら?」

『肯定《こうてい》。オソラク「金」カ「銀」』

「その『金』と『銀』も貴方たちと同じく特殊《とくしゅ》な王冠能力《クラウンスキル》を有している?」

「不明。『金』ト『銀』ハ未完成。能力ヲ有シテイル可能性ハ低イガ0《ゼロ》デハナイ」

未完成。単なる王冠《クラウン》シリーズのゴレムだとしたら、『方舟《アーク》』を動かす鍵《かぎ》でしかない。それならいい。しかし、もしもそのゴレムが王冠能力《クラウンスキル》を有していたら?

契約者《マスター》に『代償《だいしょう》』を強いる代わりに、絶大な力を与える『王冠』。

たとえ未完成だったとしても、向こうにはあの四つ腕《うで》のツギハギゴレムを造った技術者がいるはず。そのゴレム技師が『金』と『銀』を再生《レストア》しないとも限らない。

「もう少し情報が欲しいわね……。世界中の情報が……。未来ならSNSで集められるの、あいたっ⁉」

フレイが突然《とつぜん》放ったチョップに、クーンが頭を押《お》さえる。

「だーからー！　難しい顔して考えないんだよ！　今はゆったりと構えて待っていればいいんだよ。みんなが集まるのを」

「いや、でも……」

「んー？」

「わ、わかりました」

スプーンを咥《くわ》えたまま、にこやかな笑顔で手刀を構える姉に、クーンは引き下がった。この姉が怒《おこ》ると一番怖《こわ》いのはよく理解している。

同じく理解している妹たちも、とばっちりがこないように目の前のスイーツに集中していた。

そんな空気を変えようと、エルナは別な話題を振ることにした。

「こ、このあと、どうしよっか」

「あ、私、冒険者《ぼうけんしゃ》ギルドに行きたい！」

「あ、ボクも！」

リンネの言葉にアリスも同調する。それに対して、アーシアとヨシノはあまり乗り気ではない顔をした。

この二人が持つ無属性魔法はあまり戦闘《せんとう》向きではない。アーシアは【アポーツ】と【サーチ】、ヨシノは【テレポート】、【アブソーブ】、【リフレクション】と、防御《ぼうぎょ》主体の魔法が並ぶ。また彼女らは戦うこと自体がさほど好きではないのだ。

とはいえ、食材としてならアーシアも魔獣《まじゅう》を狩《か》るし、ヨシノも火属性と風属性の魔法を使える。そこらの冒険者よりかなり強い。

「冒険者ギルドに行ってどうするのよ。私たちの年齢《ねんれい》じゃ登録はできないわよ?」

クーンがリンネもわかってるであろう理由を述べる。冒険者ギルドの登録には一応、年齢制限はない。しかしあまりにも低すぎると、受付の時点で弾《はじ》かれるのだ。ギルドとて、みすみす子供を死に追いやるような真似《まね》はしない。

それでもまあ、実力を示せば登録をしてもらえることもあるが。

「登録じゃなくて買い取りだよ、クーンお姉ちゃん。こないだの狩りで、フレイお姉ちゃんの【ストレージ】に倒した魔獣がたくさん入ってるでしょ?」

「あ! 忘れてたよ。そっか、換金《かんきん》は別に冒険者じゃなくてもできるんだよ」

フレイが思い出したように手を叩《たた》いた。

基本的に子供たちが自由にできるお金はそれほど多くない。小さくとも一国の姫《ひめ》、生活には困らないし、本当に必要なものは与えられるが、イコールお金を与えられているわけではない。

望月《もちづき》家の方針は自給自足なので、お金が欲《ほ》しければ自分で稼《かせ》ぐ必要がある。それは家族や身内のお手伝いでもらうお小遣《こづか》いだったりするが、その中でも冒険者ギルドでの収入が一番大きい。

お金の使い道としては、フレイは珍《めずら》しい武器などの収集に使ってしまうし、クーンは自作魔道具《アーティファクト》の開発費、アーシアは高級食材購入《こうにゅう》など様々であるが、全員それなりに個人資産を持っていた。

しかしながら、父親の言いつけにより、全員ギルドに貯金させられていたため、こちらの時代にはほとんど持ってきていなかったのだ。

「じゃあ食べ終えたら冒険者ギルドに行くんだよ」

「んじゃ、ここはフレイねえさまの奢《おご》りってことで」

「うぐ……。ま、まあいいんだよ。奢るんだよ、今は一番お姉ちゃんだし」

ヨシノの言葉に一瞬《いっしゅん》たじろぐフレイだったが、妹たちの手前、余裕《よゆう》を見せていた。狩りに行ったのはフレイとリンネ、それにアリスの三人だ。さすがに家族ではないアリス、家族の中では最年少のリンネに奢らせるわけにもいかない。

支払《しはら》いを済ませると、『パレント』で食事をするということで母親たちから一人一人もらったお小遣いが、フレイの分だけ全部消えてしまった。

しかし彼女の【ストレージ】にはそれ以上の金額になるであろう素材が眠《ねむ》っているので、それほどダメージは受けていない。

それどころか収入源が見つかったからか、ニコニコと冒険者ギルドへの道を歩いている。

「久しぶりに大金が手に入るんだよ。なにか変わった武器でも買うんだよー」

「まったくフレイお姉様は……。無駄遣《むだづか》いはやめた方がいいんじゃありませんこと？」

「なっ、無駄じゃないんだよ！　必要経費なんだよ！」

いったいなんの経費なのか。アーシアは呆《あき》れたようなため息をつく。それを見てクーンも肩《かた》をすくめた。

やがて子供たちが冒険者ギルドへと到着《とうちゃく》すると、勝手知ったる自然な態度で受付カウンターへと向かった。

逆に周りの冒険者たちの方が『なぜこんなに子供たちが？』と疑問を顔に表している。

それはギルドの受付嬢《うけつけじょう》も同じであった。

「えーっと、なにかご用かな？」

受付嬢の猫《ねこ》の獣人《じゅうじん》であるミーシャが多少の動揺《どうよう》を隠《かく》して笑顔で対応する。子供がギルドに来ることは滅多《めった》にないが、ゼロではない。子連れの冒険者もいるし、使い走りの子供が代わりに依頼書《いらいしょ》を持ってくることもある。

ミーシャはそっちの方ではないかと判断した。

「素材の買い取りをお願いしたいんだよ」

「えっ？　買い取り？」

予想に反しての言葉にミーシャは面食らう。確かに素材の買い取りもしているが、子供が持ち込むことなど皆無《かいむ》だ。

しかし、子供たちが狩れるものなど、野兎《のうさぎ》や野鳥などがせいぜいだ。それならば肉屋へ行った方が高く買い取ってくれる。ひょっとして売るところを間違《まちが》えたのだろうか。

「あのね、ここは魔獣とかじゃないと買い取れないのよ。兎とか鳥なら、」

「魔獣だよ。キングベアとか、ブラッディゴート、あ、尻尾《しっぽ》だけだけど、ニーズヘッグもあるんだよ」

「…………は？」

ミーシャの眉根《まゆね》が寄せられる。キングベアもブラッディゴートも赤ランクの討伐《とうばつ》対象だ。さらにニーズヘッグなど魔竜《まりゅう》ではないか。デタラメもいいところだ。

「あのね、お嬢《じょう》ちゃんたち。遊ぶなら別のところで、」

「フレイお姉様、見せた方が早いですわ」

「それもそっか。よっと」

ドズンッ！　と、広めに作られた買い取りカウンターの上に突然真っ赤な体毛をした巨《きょ》大《だい》な山羊《やぎ》が現れる。ブラッディゴートだ。

突然現れた魔獣の死体にギルド内の空気が凍《こお》りつく。赤ランクの討伐対象が持ち込まれることなどブリュンヒルドではあまりなく、それだけに皆《みな》、声もなく驚《おどろ》いていた。

ミーシャはミーシャで、別なことに驚いていた。今のは間違いなく収納魔法。その魔法は、一人のある人物を思い起こさせる。

ミーシャがブラッディゴートから子供たちの方へと視線を戻すと、子供たちの足元で見たことのある白い子虎《ことら》が暇《ひま》そうに毛繕《けづくろ》いをしていた。

「ま、まさか……。陛下関係の……？　ち、ちょっとお待ち下さい！」

ミーシャが青ざめた顔でカウンター奥の階段を駆け上がっていく。その場にいた者たちはポカンとしてミーシャが駆け上がった階段とブラッディゴートに視線を向けていた。

「フレイお姉ちゃん、血。血が垂れてるよ」

「あや？　あああ、いけない」

エルナの指摘にフレイはブラッディゴートを再び【ストレージ】に収納する。

【ストレージ】に入れたものは時間が止まる。ブラッディゴートは倒した時のままであったので、まだ血抜《ちぬ》きもされてなく、受け取りカウンターを血で汚《よご》してしまった。

現れた時と同じく、突然消えたブラッディゴートに、他の受付嬢がポカンと口を開けて言葉を失っている。その場にいた冒険者たちも同様だった。

「なんだか変な空気ですわね」

「うん。みんな急に黙《だま》っちゃって、どうしたのかな？」

アーシアの言葉にヨシノが答える。未来の冒険者ギルドでは子供たちはそれと知られた存在であり、驚かれはしてもここまでではなかった。それを違和感《いわかん》として覚えたのだ。

普通《ふつう》の子供たちとは違うことを皆あまり自覚していない。彼《かれ》らがなにに驚いているのかよくわからないのである。

「おいおい、なんだこのガキどもは？」

そんな中、ギルドの入口から入ってきた男がドスのきいた声を発する。

身《み》の丈《たけ》は二メートルに届かんとする巨漢《きょかん》。鶏《にわとり》のトサカのような髪型《かみがた》に、腰《こし》には使い込まれたバトルアックス、袖《そで》のないレザージャケットに肩鎧《かたよろい》と、この国の公王陛下なら『世紀末チンピラか』と言いそうな男に続いて、似たような服装の男たちがぞろぞろとギルド内に入ってきた。

睨《にら》みをきかせた視線で買い取りカウンターに並ぶ子供たちを先頭のモヒカン男が見遣《みや》や

る。普通の子供たちなら逃《に》げ出すか震え上がる視線であった。

しかし子供たちは誰一人としてその視線に動じることなく、逆に世紀末軍団を不思議そうな目で見上げていた。

「変な頭」

なにげなくリンネがつぶやいた言葉にその場の空気が凍った。

「ぷっ」

凍った空気を溶《と》かすように、こらえられないといった笑いがどこからか漏《も》れた。それはモヒカン男の背後から。

「聞いたか⁉　変な頭だとよ！」

「ぶあっはっは！　ちげえねえ！」

「子供は素直《すなお》だぜ！」

「てめぇら……！」

モヒカン男の仲間たちが腹を抱《かか》えて笑っている。ギルド内にいる冒険者や職員たちも口を押さえて笑いをこらえていた。

モヒカン頭の冒険者はリンネの前にドカドカと進み、自分の頭を指し示す。

「おう、嬢ちゃん！　こういうのはな、気合いの入った髪型って言うんだよ！　変じゃねえ！」

「ニワトリみたいなのに？」

「ニワっ……」

リンネの追い打ちに、後ろの仲間たちがさらに笑い出す。床《ゆか》に倒《たお》れて笑い転げる者までいる。ギルド内の冒険者も職員たちも、もはや笑いをこらえてはいなかった。

「こら、リンネ。あんまり失礼なことを言っちゃいけないんだよ」

「……はーい。ごめんなさい」

フレイがリンネを窘《たしな》める。わがままなようだが、姉には素直なリンネである。すぐに謝った。

アーシアがモヒカン男の前に進み出て、小さく頭を下げる。

「妹が失礼なことを言って、申し訳ありませんでしたわ」

「おっ、おう……。こっちこそ怒鳴《どな》って悪かったな」

優雅《ゆうが》な一礼に毒気を抜かれたのか、逆にモヒカン男が恐縮《きょうしゅく》し、こちらも頭を下げていた。

礼儀《れいぎ》作法や社交場での振《ふ》る舞《ま》いでは、娘たちの中だとアーシアとクーンが頭一つ抜け出ている。ダンスなどもそつなくこなす、理想的な王女として振る舞える。

まあ、クーンはともかく、アーシアは社交の場に行ければ、父親と一緒にいられる時間が増えるから、という目的があったからだが。

そんなアーシアに恐縮するモヒカン男に、なんとか笑いを鎮《しず》めた受付嬢が口を開く。

「んもう、タイルズさん、子供に絡《から》まないで下さいよ。それでなくても顔が怖いのに」

「怖くねぇよ！　普通の顔だ！」

タイルズと呼ばれたモヒカン男は受付嬢にそう怒鳴り返すが、背後の仲間たちは、いやいやいや、と顔の前で手を振っていた。

「怖《こえ》ぇよ」

「初対面の女はみんな逃げ出すよ」

「顔面凶器《きょうき》だよ」

「んだと、コラァ！」

お前らも似たようなもんだろうが！　と、仲間内で虚《むな》しい言い争いを始めた。

「この嬢ちゃんたちは平気な顔してんじゃねぇか！　俺《おれ》の顔が怖いわけねぇだろ！」

「うん、別に怖くないよ」

「ほら見ろ！　わかる奴《やつ》にはわかるんだよ！　お前ら子供の純粋《じゅんすい》な目を見習え！」

リンネの言葉に、我《わ》が意を得たりとばかりにモヒカン男が仲間たちに得意げに言い放つ。

その子供は男の頭を変だとかニワトリだとかさっき言ったのだが。

「なんですか、騒《さわ》がしいですね」

モヒカン男たちがぎゃあぎゃあと騒いでいると、階段からミーシャを連れて一人の人物が現れた。長い金髪《きんぱつ》に長い耳。見た目は二十代に見えるエルフの女性である。

「あ、ギルドマスターなんだよ」

「あら？　私を知ってるの？」

フレイはしまった、と口を押さえた。現れたのはブリュンヒルドのギルドマスターである、レリシャ・ミリアンであった。

フレイたちのいた未来でもレリシャはブリュンヒルドのギルドマスターで、エルフのため今と変わらぬ容姿を保っていた。未来では子供たち全員がお世話になっている人物なのである。

「それでこの子たちがブラッディゴートを？」

「は、はい！　あれっ!?　なくなってる!?」

ミーシャはカウンターに置かれていたブラッディゴートがなくなっているのを見て慌《あわ》てていた。

「あ、カウンターが血で汚れそうだったから回収したんだよ」

「……ひょっとして収納魔法を使えるの？」

「使えるよ」

一瞬だけ目を見開いたレリシャだったが、子供たちが連れていた神獣たちを見て、なんとなしにこの子たちがどういった者であるか察しをつけた。

「解体場所へ案内します。こちらへ」

レリシャはギルドの奥にある、持ち込まれた魔獣の解体などを行う部屋へと子供たちを案内した。

解体場は壁《かべ》一面に大型のナイフや特殊なノコギリ、ゴツいペンチなどが並んでいた。中央に大型の作業台が置かれていて、ところどころに血が滲《にじ》んでいる。

何千、何万体と解体してきた場所だろうに、不思議と悪臭《あくしゅう》はしなかった。おそらく浄化《じょうか》の魔法か魔道具を使っているのだろう。

「こちらへ出してもらえますか？」

レリシャの指示通り、フレイが【ストレージ】からブラッディゴートを取り出して、ドズン！　と作業台の上に下ろす。

部屋にいた数名の解体作業員全員が目を剥《む》く。収納魔法によって魔獣が持ち込まれるのには、彼らはけっこう慣れている。

なにせこの国の公王を始め、王妃《おうひ》たち、公王の姉や従姉妹《いとこ》、最近金ランクに登りつめたマフラーをした少年と、この国には使い手が多いのだ。本来なら滅多にいない使い手なのだが。

解体作業員が驚いたのは、年端《としは》もいかない子供たちがこんなハイランクの魔獣を持ち込んできたということの方であった。

レリシャは作業台に置かれたブラッディゴートを確認《かくにん》し、それから子供たちに護衛のように付き従う琥珀らに声をかける。

「琥珀殿《どの》。この子たちは陛下の御親戚《ごしんせき》かなにかですか？」

『うむ。あー……まあ、そう思っていただいて構わぬ。身許《みもと》は主《あるじ》の名にかけて保証する』

「なるほど」

琥珀たちがこの国の王の召喚獣《しょうかんじゅう》で、会話もできることはブリュンヒルドの住人なら誰《だれ》もが知っている。その琥珀が保証すると言った以上、問題は全て解決した。

解体作業員たちも『ああ、それで……』といったように納得顔《なっとくがお》になっている。

「えーっと、買い取ってもらえ、ます？」

なにやら様子がおかしい雰囲気《ふんいき》だったので、おずおずとフレイがレリシャに尋《たず》ねた。

「買い取りは問題ありません。ですが、このことを陛下はご存《ぞん》じで？」

「う」

レリシャの質問にフレイの言葉が詰《つ》まる。別に悪いことをしているわけではないのだが、なんとなく後ろめたい気持ちがあるらしい。

子供たちは本来ならこの時代に存在しない者たちである。あまり目立たないように、と、時江や父である冬夜に釘《くぎ》を刺《さ》されているのを思い出したからであった。

「一応、確認させていただきますが、よろしいですか?」

「よろしいんだよ……」

スマホを取り出したレリシャに諦《あきら》めたようにフレイが頷《うなず》く。おそらくは父へと電話をし始めたレリシャを置いて、フレイたちがこそこそと輪になって話し始めた。

「お父様にバレましたわね」

「ギルドに預金しとけって言われるかなあ?」

「だ、大丈夫なんだよ。私たちギルドカード無いし、もともと預金できないんだよ」

未来とは違い、この時代では彼女たちは冒険者ではない。そのため、ギルドに金を預けることはできないはずだが、親が『預かっておく』ことはできる。

父親は娘たちに甘いので、おそらく言い出すのは母親になるだろうが。

電話をし終えたレリシャがくるりと子供たちの方に向き直る。

「陛下から許可をいただきました。これはこちらで買い取らせていただきます」

にっこりとしたギルドマスターの営業スマイルに心中でホッとするフレイ。それに水をさすように、背後の琥珀がボソッとフレイにつぶやいた。

『主《あるじ》から念話が届きました。くれぐれも無駄遣いをしないようにと。それと、なにを買ったか後で報告、だそうです』

「うあー……」

「はぁ～……」

一番趣味《しゅみ》に走ろうとしていたフレイとクーンがうなだれる。他の子供たちはある程度使えるお金があればいいや、とそれほど悲観的になってはいない。

アーシアの買おうとしている高級食材などは、時空魔法などで保管すれば腐《くさ》ることもないので、無駄遣いとは言えなく、父母らもそれに関しては寛容《かんよう》であった。

しかし、フレイの武器収集は完全に趣味だし、クーンの開発費は当たり外れが大きい。開発に失敗すれば、まるきり無駄となることもあるので。

そんな二人なので買ったものが『無駄遣い』と断じられる可能性は非常に高かった。

フレイが大きなため息をつく。

「お父様はともかく、お母様がきっとダメって言うよ……。予定が狂《くる》ったんだよ……」

「いいじゃん。さっき奢った分は返ってくるんでしょ？」

「そうだけど……」

アリスの言う通り、さすがに喫茶店の飲食代よりは入ってくるだろうが、それはそれ、これはこれだ。

「他にもまだございますか？」

「あ、うん。まだあるんだよ」

すっかりテンションが下がってしまったフレイだったが、レリシャの言葉に【ストレージ】から多くの獲物《えもの》を取り出した。この際だからと、あまり高く買い取ってもらえないであろう、毛皮がボロボロだったり、牙《きば》が折れていたりといったやり過ぎたものもまとめて取り出しておく。

「これは……。ニーズヘッグの尻尾ですか⁉　あの、本体は？」

「あー……。氷漬《づ》けで粉々なんだよ。一応あるけど……」

氷漬けになった肉の破片《はへん》を作業台の横に山積みにする。もはや原形をまったくとどめていない。

これには解体作業員たちも、なんだこりゃ？　とばかりに氷肉の塊《かたまり》を手にとって呆れていた。

「さすがにこれじゃなあ……」

「皮はダメだな。骨も無理か。肉として処理するしかないか……」

「嘘《うそ》だろ、もったいない……。バラバラじゃなきゃ、どれだけの革鎧《かわよろい》ができたか……」

作業員たちの言葉を、バラバラにした本人《リンネ》が気まずそうに聞いていた。いい素材からはいい武器防具が作られる。その武器防具は冒険者たちの命を守るものになるのだ。

ここにきて、リンネは自分のしたことがどういうことかを理解した。

「次から気をつける……」

「どんまい」

アリスがリンネの肩を叩く。自分も気をつけようと心に誓《ちか》いながら。

◇　◇　◇

「あっ、お父さん」

子供たちが冒険者ギルドから出てくる。最初にエルナが僕《ぼく》を見つけ、子供たちみんながこっちを向いた。

「お父様がなんでここに？　パーティー中では？」

「心配だから僕だけ早めに切り上げてきた。その様子だとちゃんと換金してもらえたようだね」

「もったいないって言われたけどね」

「うー……」

クーンの言葉にリンネが唸《うな》る。ははあ、素材にならなかったやつか。まあ、あれはなあ……。まともなギルド職員なら一言言いたくもなるだろうな。

「それで？　そのお金でなにか買いたいものはあるのか？」

「はい！　海賊《かいぞく》ジョリーの使っていた魔剣《まけん》カトゥーラスが確か今ならレグルスの帝都《ていと》で、」

「却下《きゃっか》。武器防具の類《たぐい》はヒルダから止められてる」

「やっぱりなんだよ！」

くわー、と頭を抱えて仰《の》け反《ぞ》るフレイ。ごめんな。でもお前、未来で手に入らなかった武器とか、こっちの時代で手に入れようとか思ってない？

「あの、私の開発費は……」

おずおずとクーンが手を挙げる。今度はそっちか。僕はリーンに言われたことをそのまま告げる。

「なにを作るつもりか事前に説明しろってさ。よほど変なものじゃなきゃ許可するって」

ホッと胸を撫《な》で下ろすクーン。ヒルダと違ってリーンはそこらへん適当だからな。

「とうさま、私、お菓子《かし》をいっぱい買いたい」

「お菓子？」

ヨシノが発した言葉に僕はちょっと驚いた。どっちかというと、フレイやアリスが言いそうな言葉だったからだ。

しかしお菓子か。城ではちゃんと食後のデザートや三時のおやつを出してたと思ったけど。今日も『パレント』で食べてきたんじゃ？　それとは別に食べたいものがあるってことか？

「おばあさまの学校に持っていきたい。みんなに差し入れするの。おばあさまにも会いたいし」

「ああ、そういう……」

ヨシノの言う『おばあさま』とは時空神の時江おばあちゃんではなく、母親である桜の母親、フィアナさんのことだ。

この中では唯一《ゆいいつ》ヨシノだけ祖母が同じ国にいる。フレイの祖母はレスティア騎士《きし》王国だし、アーシアもレグルス、クーン、リンネ、エルナに至ってはもうすでにいない。

「フィアナお祖母様《ばあさま》は未来《むこう》でも校長先生をしていて、私たちも一緒に学びました。みんなお世話になっていて……できれば私たちも会いたいんですけれど」

「なるほど。うーん……」

クーンの言葉に僕は考え込む。現在、子供たちは姿を変える魔道具《アーティファクト》の力によって、他の人たちには別人に見えるようになっている。

これは子供たちがあまりにも母親たちに似ているから城内で騒動《そうどう》にならないための処置だったんだけど、別に未来から来たことを秘密にしてるってわけじゃないんだよな。博士とかエルカ技師とかにはもう話してるし。

神様関連のところを伏《ふ》せて、時空魔法《まほう》によるものだと説明すれば大丈夫《だいじょうぶ》……かな？

完全に身内、僕の義母なわけだし、ヨシノのことをフィアナさんに話しても構わない気もするけど、信じてもらえるかな……。

「ちょっと待って。桜に聞いてみる」

親のことは子に聞けってね。

桜にスマホで連絡《れんらく》し、現在の状況《じょうきょう》を話していたらいつの間にか目の前に桜が来ていた。【テレポート】してきたのか。僕が言うのもなんだけど、パーティー抜《ぬ》けて大丈夫かね？

「大丈夫。もうほとんどが酔《よ》い潰《つぶ》れている。お開き状態」

「ああ、そお……」

どうやら酔花が飲み比べを始めたようで、サーカス団員たちが次々と潰されたようだ。

やっぱり子供たちを参加させなくてよかった。

「それでフィアナさんのことなんだけど……」

孫だしな。会わせてあげたいとも思うけど、信じてもらえるかどうか。バビロン博士のように、魔法や魔工学《まこうがく》に精通しているなら理解もできると思うんだが。

「お母さんは魔法王国フェルゼン出身。時空魔法のこともある程度理解しているから問題ないと思う。問題なのはもう片方の方」

「もう片方？　……あっ」

あー……魔王陛下《そっち》の方か……。

そっか、あの人にとってもヨシノは孫か……。あとでバレたら大騒《おおさわ》ぎするんだろうなあ。

会わせないとダメかなー……。

「ヨシノ、ゼノアスのおじいちゃんってどう思う？」

「おじいさま？　優《やさ》しいよ。よくお菓子買ってきてくれるし。私やかあさまの前だと、ちょっとはしゃぎ過ぎかなとは思うけど」

どうやら孫にまでウザいと思われてはいないようだ。しかし未来でも親バカは健在で、さらに孫バカまで加わっている感じだけど。

「魔王は後回しでもいい。お母さんにこの子を会わせてあげたい」

ズパッと父親を切り捨てる桜。うーむ、確かに後でもいいか。わざわざゼノアスまで呼びに行くのもなんだしな。

「よし、じゃあフィアナさんに会いに行くか」

「お菓子は？」

「今日は学校がお休みだから子供たちはいないよ。それはまた今度ね」

「ん。わかった」

子供たちを集め、学校近くにあるフィアナさんの家までみんなで【テレポート】する。

フィアナさんの家には広い庭があり、住み心地《ごこち》のいい一軒家《いっけんや》になっている。その庭に【テレポート】してくると、庭を器用に箒《ほうき》で掃《は》いていたニャンタローが僕らに気付き、声をかけてきた。

「ニャッ？　王様に姫様《ひめさま》ニャ。母上様に御用《ごよう》かニャ？」

ニャンタローは桜の召喚獣なのだが、ほぼフィアナさんの付き人のような状態になっている。

ブリュンヒルドの猫たちを統率《とうそつ》する立場でもあるので、一応、うちの諜報《ちょうほう》機関の長の一人とも言えなくもないのだが。そいつが箒にエプロンで庭掃除《にわそうじ》をしているのはどうなのかとも思う。

「お母さん、いる？」

「母上様ニャらアトスらと買い物に行ってるニャ。そろそろ帰ってくると……あ、帰ってきたニャ」

庭の柵《さく》の向こうから、フィアナさんがニャンタローと同じケット・シーのアトス、アラミス、ポルトスを伴《ともな》ってこちらへとやってきた。アトスら三匹《びき》は買い物袋《ぶくろ》を器用に抱えている。この三匹《さんにん》もここに住んでいるんだっけ。フィアナさんが、猫マスターに見える。

「これはこれは陛下。それにファルネも。その子供たちは？　入学希望者ですか？」

「おばあさま！」

「え？」

ヨシノがダッ、と駆《か》け出し、フィアナさんに抱《だ》きつく。突然《とつぜん》抱きつかれたフィアナさんが目を白黒させている。

「お、おばあ!?　え、私、そんなに老《ふ》けて見えます!?」

あれ、抱きつかれたことよりもおばあさま扱《あつか》いの方に驚いているみたい。

フィアナさんは白い髪《かみ》だが、確かまだ歳《とし》は三十半ばだったはず。結婚《けっこん》が早いこの世界でも、それでこの歳の子供におばあちゃん扱いはさすがに動揺するか。

どっちかというとフィアナさんは歳よりも若く見える方なのだが。

「あの、これはどういう……？」

「あー……話すと長いんですけど……」

わけがわからないといった目でこちらを見てくるフィアナさんに、なんと答えたらいいかと僕は口ごもる。

「その子はヨシノ。私と王様の子。お母さんの孫」

「は？　えっ⁉」

うおい⁉　僕が口を開く前に、桜がフィアナさんに向けて直球を放っていた。

「え、よ、養子……ということですか？」

そうきたか。まあ、普通そう考えるよなぁ……。桜の歳でこんな大きな子供はいないだろうしね。

「違《ちが》う。本当の娘《むすめ》。ヨシノ、王角《おうかく》出せる？」

「出せるよ。ほら」

にょきっと、ヨシノの耳の上あたりから前方に小さい銀色の角が伸《の》びる。魔王族の証《あかし》、王角だ。少なくとも魔王に連なるものだという証だが、魔王族の子という証拠《しょうこ》にはなってもフィアナさんの孫という証にはならない。

「というかヨシノ、バッジ外しなさいな」

「あ。そか」

クーンに言われて僕も大事なことに気付く。子供たちは姿を変える【ミラージュ】が付《ふ》与《よ》されたバッジを付けている。僕らには効果がないように設定しているため、ヨシノは桜に似たその容姿で一目で血縁《けつえん》関係者とわかるが、フィアナさんにはまるきり別人に見えているのだ。

ヨシノがバッジを外す。フィアナさんが姿の変わったヨシノに目を丸くして、目の前の桜とヨシノを見比べた。

「え？　え？　え⁉」

さて、どこから説明したものやら。

◇　◇　◇

「未来から来た陛下とファルネの娘……私の孫娘《まごむすめ》、ですか……」

部屋のソファーに腰掛《こしか》け、ぽかんとしたフィアナさんにその孫娘であるヨシノが抱きついている。他のみんなには一旦《いったん》席を外してもらった。ややこしくなるからね。

この部屋には僕と桜、フィアナさんとヨシノだけだ。


「ちょっと信じられないかもしれませんけど……」

「ああ、いえ、時空魔法……時や空間を操《あやつ》る魔法が存在している以上、そういうことも理論上は可能でしょう。ましてや常識の通じない、規格外の陛下ならばありえなくもないと思います」

……あれ、遠回しにディスられてるような。

「じゃあお母さんはヨシノのなにが受け入れられないの？」

「ああ、ヨシノちゃんがどうこうじゃなくてね。いきなりおばあちゃんになるとは思ってもみなかったものだから、心の準備が……。いきなり年をとった気がして」

桜の追及に対面に座《すわ》ったフィアナさんが苦笑いして答える。そっちかい。気持ちはわかるけれども。

僕も時江おばあちゃんにいきなり子供たちが来ると聞いて、どうしたらいいかわからずパニックになったからな。

「向こうのおばあさまよりこっちのおばあさまの方が若いよ！」

「あらあら。喜んでいいのかしらねえ」

フィアナさんがヨシノのごく当たり前の言葉に困ったような笑《え》みを浮《う》かべる。

「ヨシノはおばあちゃんが大好きなんだな」

「うん！　いつも一緒《いっしょ》に遊んでくれるし、いろんなことを教えてくれるから。魔法も教わったんだよ」

魔法もか。確か桜の六属性魔法の適正は水と闇《やみ》。それに対してヨシノは火と風だっけ。適正が違うとうまく教えられないからな。フィアナさんはヨシノと同じく、火と風の適正を持っているらしい。複属性持ちは珍《めずら》しいんだが、さすが魔法王国フェルゼンの出身といったところか。

「まさかこんなに早く孫の顔を見ることになるとは思いませんでしたわ」

「僕らも同じですよ」

人生なにがあるかわからないものだ。神様の雷《かみなり》に当たって異世界に行くとかね。

「あの、このことを魔王陛下には？」

「あー……。どうしようかと。フィアナさんにだけ話して、魔王陛下に話さないってわけにも、ねぇ？」

ちらりと横を見ると、隣《となり》に座った桜があからさまに嫌《いや》そうな顔をして目を逸《そ》らしていた。

そんなに嫌か。

「別にヨシノに会わせるのはいい。その後が嫌なの。会わせた後の行動が手に取るようにわかる。絶対に狂喜乱舞《きようきらんぶ》する。迷惑《めいわく》。ウザい」

うん、それは僕も簡単に想像できる。間違いなくテンションが爆上げになる。いや、泣くかな？　号泣《ごうきゆう》かな。どのみちウザいことに変わりはないけど。

「ヨシノが生まれた時なんかとんでもなかったんじゃないか？　ゼノアスあげてのお祝いパレードとか……」

「なんかね、私が生まれた日にファロン伯父《おじ》さんとおじいさまが大ゲンカしたって聞いたよ」

は？　ファロン伯父さんって、あのゼノアスの王子か？　脳筋の。なんでまためでたい孫娘誕生の日にケンカなんか。

「おじいさまがゼノアスの魔王やめてブリュンヒルドに移住するって言い始めたの。いきなりすぎるってブリュンヒルドのお城で大ゲンカになったみたい」

「おおう……」

つーか、ウチでケンカしたのかよ。その光景がありありと浮かぶけど……。

そりゃファロンの義兄《にい》さんもキレるわ。孫娘可愛《まごむすめかわい》さに国政丸投げしようってんだからな。無責任過ぎる。

「おばあさまに窘められてその場は落ち着いたらしいよ。でも今でも魔王業をやめようと頑張《がんば》ってる」

「頑張る方向が違うだろ……」

未来でもどうやらあの人は変わらないみたいだな……。うーむ、どうする？　本当に教えるか？　いらん騒動を招くだけな気もするんだが……。

「どうする、桜？」

「本当は面倒《めんどう》くさいし、会わせたくない。けど、そうなると他の子たちも祖父母に会わせるのが難しくなる」

んー……まあな。まだユミナとスゥの子供が来てないからフレイとアーシアのとこだけだけど、どのみち国王同士、世界会議とかで会うことになるし。その時に孫の話なんか出たら、魔王陛下だけハブられているのがバレる。そのことを考えると今から頭が痛い。

やはり先に会わせた方がいいか。ヨシノだってそう望んでいるんだし。

「じゃあ向こうに連絡してゼノアスに行くか……」

「あの、私も一緒に行ってよろしいでしょうか？」

「え？　フィアナさんも？」

「その、魔王陛下が暴走した場合、私が止めますので……」

そうだった。この人がいないと実力行使で止める羽目になる。一国の国王にさすがにそれはなあ。国際問題になるわ。

「最悪私が止める……。私なら殴《なぐ》っても国際問題にはならない……」

いやっ、それはどうかな⁉

桜は娘だけど、ブリュンヒルド王妃でもあるわけだし、やっぱりマズいと思いますよ⁉

一抹《いちまつ》の不安を抱えたまま、僕らはゼノアス行きを決定した。

◇　◇　◇

「ということで、この子が娘のヨシノになります。魔王陛下にとっては孫娘にあたるわけですけど……。あの、聞いてます？」

ソファーに深く腰掛けながら、真顔で停止している魔王陛下に声をかける。

ゼノアスの魔王城、万魔殿《パンデモニアム》の一室で、僕らは連れてきたヨシノのことを説明していた。

「…………………」

「おい、親父《おやじ》。どうした？」

「父上？」

固まって動かない魔王陛下に、両サイドに座った桜の兄でもあるファロンとファレスが声をかける。

この二人にも同席してもらっていた。ヨシノにとっては二人とも伯父にあたるわけだし。

この部屋には僕と桜、そしてヨシノとフィアナさん、魔王陛下にファロンとファレスの七人しかいない。全てヨシノの肉親だ。

石像みたいに固まっていた魔王陛下が、錆《さ》びついた機械が動くように首を横に動かし、僕の横に座るヨシノに視線を向けた。

「……孫？」

「ええ」

「余の？」

「桜との娘ですので」

魔王陛下がじっとヨシノを見つめている。ヨシノの方は『?』とばかりに首を小さく傾《かし》げていた。

「ファルネーゼの小さい頃《ころ》によく似ている……。いやしかし……」

あ、やっぱり信じられないのかな。まあ無理はないか。ああ、そうだ。

「ヨシノ、王角出せるかい?」

「いいよー」

僕の言葉に答えたヨシノの耳の上から、にょきっと銀色の小さな角が伸びてくる。

「「「おおっ⁉」」」

それを見て魔王陛下のみならず、王子二人も声を上げた。

王角。魔王族の証。彼《かれ》らの頭にも同じものが生えている。

「その歳で王角を自由にできるのかよ……」

「魔力《まりょく》操作が完全にできているんだ。すごいね、君」

伯父二人がヨシノの角を眺《なが》めながら、感心したようにつぶやく。ちらりと横の桜を見ると、どことなくドヤ顔をしているように見えた。まあ、僕も同じ気持ちだけれども。

ふらりと魔王陛下が席を立ち、ヨシノの横でしゃがみこんで目線を合わす。

「……本当に、余の孫なのか?」

「そうだよ。おじいさま」

真面目くさった顔がおかしかったのか、ヨシノがくすくすと笑う。うん、うちの娘は可愛いなー。

「孫か！」

「孫だよー」

「そうか！　孫娘か！」

「孫娘だ！」

ケラケラと笑うヨシノを魔王陛下が抱《かか》えて、たかいたかいー、とばかりに持ち上げる。

「ちょっ……！」

桜が慌てて腰《こし》を浮かすが、楽しそうに笑うヨシノを見て、再びソファーに腰を落とした。

隣に座るフィアナさんがそんな桜を見て笑う。

「ヨシノか！　ヨシノはいくつだ⁉」

「九歳だよ」

「九歳か！　歳の割には頭が良さそうだな！」

「えへへ、それほどでもー」

魔王陛下の腕《うで》の中で、照れたように笑うヨシノ。それを見て『おお……』とばかりに震《ふる》える魔王陛下。

「ブリュンヒルド公王！　孫可愛《かわい》い！」

「何を当たり前のことを。うちの子だぞ」

　わかりきったことを言うな。うちの子が可愛くないわけがないだろ。そんなことを言う奴がいたらそいつは目が腐ってる。

「ヨシノはなにか好きなものはあるか？」

「お菓子！」

「そうか、お菓子が好きかー。おい、ファロン。我が国《くに》の製菓業《せいかぎょう》にありったけの援助金《えんじょきん》をばら撒《ま》け。ゼノアスをスイーツ大国にする」

「はぁ!?」

　にこやかに告げた言葉に、ファロンが驚《おどろ》いて固まる。ゼノアスは魔族《まぞく》の国だ。魔族はとにかく悪食《あくじき》で、なんでも食べる。味は二の次、三の次なのだ。それなりにお菓子というものもあることはあるが、他国のようにそこまで洗練されたものではなく、簡単な焼き菓子とか果物を干したようなものが多い。

　それを改正しようという試みは悪くはないと思うけど、あまりにも唐突《とうとつ》過ぎる。ファロンが驚くのも無理はない。すでに暴走してるな。

「そのうちお菓子を部屋いっぱいに買ってやろう。他になにかしたいこととかないか？」

「えっと、おじいさまとおばあさまとで写真を撮《と》りたい、かな？」

「っ！　いいな！　よし、すぐ撮ろう、今撮ろう！」

ウキウキとした魔王陛下がヨシノを下ろし、懐《ふところ》から自分の量産型スマホを取り出してファレスに手渡《てわた》した。『え、僕？』といった顔でファレスがスマホを受け取る。

「おい、いいか？　手ブレなんぞしたら許さんからな……？」

「えぇー……？」

父親のドスのきいた言葉に若干《じゃっかん》引きつつも、ファレスは受け取ったスマホを構える。

ヨシノを真ん中に、その左右にフィアナさんと魔王陛下が座る。両隣《りょうどなり》のおじいちゃん、おばあちゃんの腕をヨシノがぎゅっと握《にぎ》った。

どちらも若く見えるので、孫と祖父母というよりは、親子のようにも見えるな……あれ、なんか悔《くや》しいぞ……？　ヨシノはうちの子だからね？

「はい、撮りますよー……」

カシャッ、とシャッター音がして、撮影《さつえい》が終わる。なんとかうまく撮れたようで、ファレスが安堵《あんど》の息を漏《も》らしていた。

「ファ、ファルネも一緒にどうだ？　みんなで家族写真を撮ろう！」

「いい。めんどくさい」

「かあさまも一緒に撮ろうよー」

「わかった」

あわよくば娘とも撮ろうという父親の誘《さそ》いを断りながら、娘の誘いには即《そく》ＯＫ。なんという手のひら返しか。桜らしいといえば桜らしいんだけども。

「王様も一緒に撮る」

「え、僕も？」

「家族なんだから当然」

まあ、そうだけどさ。こういった写真は苦手なんだが。

しかし断る理由もないので、桜に手を引かれるまま、ソファーに座る三人の後ろに二人で立つ。

「はい、そのままー……」

先程《さきほど》と同じようにファレスが何回かシャッターを切る。こういう記念写真的なものってなんか緊張《きんちょう》するな……。

そそくさと撮り終えたファレスのもとへ行き、画像を確認する魔王陛下。

「うむ！　よく撮れておる！　今日からこれを待ち受け画面にしよう！」

はしゃぐ魔王陛下の横から覗《のぞ》き込むように僕も撮った画像を見る。

む。確かにいい写真だな。なによりも真ん中のヨシノが笑顔《えがお》なのがいい。桜は少し膨《ふく》れているけども。僕も少し硬《かた》い笑顔だが。

「おじいさま、その写真私にも送って」

「おお、いいぞ。じゃあアドレスを交換《こうかん》しようかぁ」

すっかりデレデレになった魔王陛下がヨシノとスマホでやり取りをしているのを、ファロンとファレスの息子《むすこ》二人が珍獣《ちんじゅう》を見るような目で見ていた。

「あんな親父見たことねぇぞ……。若干キモい……」

「蕩《とろ》けるくらいにデレデレだね……。孫バカってこういうことを言うんだなぁ……」

魔王陛下の方は呆《あき》れたような生温かい目を向けられても、それに反応することもない。完全にヨシノしか見えていないようだった。

「そうだ！　ヨシノ、城の中を案内してやろう。ちょうど昨日、珍しい魔獣《まじゅう》の剥製《はくせい》が届いたところでな……」

手を握りヨシノと連れ立って部屋を出て行こうとする魔王陛下の肩《かた》を、慌《あわ》てたファロンががっしと掴《つか》んだ。

「ちょ、おい、親父！　この後は商業組合のやつらとの話し合いがあるだろ！　すっぽかすのかよ⁉　いくら孫でもどっちが大事か」

「孫に決まってるわ！」

食い気味に魔王陛下が吼《ほ》えた。ファロンがパクパクと言葉に詰《つ》まっている。

開き直ったぞ……あかん、これ完全に暴走してるわ。

「面倒だ。よし、ファロン。お前に魔王の座を譲《ゆず》る。今からお前がゼノアスの魔王だ。全部やっとけ」

「はぁぁぁぁぁぁぁ⁉　ふざけんなこのクソ親父！」

うわぁ、とんでもないこと言い出したぞ。これ、未来でヨシノが生まれた時のイベントちゃうの？　早く発生させちゃったか？

「どうせお前が継《つ》ぐんだ、早いか遅《おそ》いかの違いだろうが！」

「お前が嫁《よめ》をもらうまでは譲れん！　とか抜かしてたのはどこのどいつだ、この野郎《やろう》！」

「よく考えたらお前に嫁なんかあと百年は来んわ！　待ってられるか！」

「言ったな⁉」

そういや以前やった仮面舞踏会《ぶとうかい》でのお見合いでは、ファレスの方は何人かの問い合わせがあったが、ファロンの方は全滅《ぜんめつ》だったとか聞いたな。

痛いところを突《つ》かれたファロンと魔王陛下が取っ組み合いのケンカを始めようとしたの

で、僕が止めようとすると、それより先に二人の前にヨシノが立ちはだかった。

「二人ともケンカはダメっ！　仲良くしなさいっ！」

「「……………はい」」

ヨシノの一喝《いっかつ》に、気圧《けお》されたように掴み合っていた二人が離《はな》れる。

うおう、こわ……。小さくても胆力《たんりょく》があるな、この子……。

「おじいさま、お仕事はちゃんとしないとダメ！　無責任なお仕事はみんなの迷惑なんだよ！」

「あ、うむ、すまぬ……」

「ファロン伯父さんも！　すぐに手を出すのは猿《さる》と同じなんだからね！　伯父さんは猿なの⁉」

「いや、違う。うん、俺《おれ》が悪かった……」

すっかり萎縮《いしゅく》した二人にヨシノのお叱《しか》りが飛ぶ。その人らこの国で一番目と二番目に偉《えら》い人なんだけれども。

魔王陛下が暴走した時のためにフィアナさんを連れてきたわけだけど、いらなかったなあ。

「子供たちを叱るお母さんそっくり。血は争えない」

「そうかしら？　……私、あんな感じなの？」

感心する桜と、困惑《こんわく》するフィアナさん。ああ、言われてみればそんな感じかも。学校のやんちゃ小僧《こぞう》を叱るフィアナさんはあんな感じだ。

子供たちに優しくするだけが教育ではない。叱るときは叱り、反省させなければ意味がない。

ううむ、僕は子供たちを叱ることができるのだろうか……。不安だ。

いつの間にか二人を正座させて説教を始めた娘を見て、微妙《びみょう》な空気を味わっていると、遠慮《えんりょ》がちにドアをノックする音が聞こえてきた。入ってきたのは魔王陛下の護衛でもあり、ゼノアスの騎士団《きしだん》長でもあるダークエルフのシリウスさんだ。

「ご歓談《かんだん》中失礼します。陛下、この後のご予定がありますので、そろそろ……」

「嫌だ！　仕事なんぞしたくない！　余はヨシノと遊ぶ！」

「おじいさま？」

「……の、のは〜、また今度にする……」

一旦本音をぶちまけた魔王陛下だったが、ヨシノに睨《にら》まれてしゅんと小さくなる。どっちが子供かわからんな。

慰《なぐさ》めるわけじゃないが、落ち込む魔王陛下に僕は声をかける。

「ヨシノは【テレポート】が使えますからいつでも会えますよ」

「本当か……？　……ファルネも使えるがほとんど来たことがないぞ？」

「………嫁《とつ》いだ王妃《おうひ》が実家にポンポン帰るのは外聞が悪いから。他意はない」

ジロリと魔王陛下に視線を向けられた桜が、しれっと答える。本当だろうか？

そもそも桜の言う『実家』って、この城じゃなくお世話になっていたシリウスさんのフレンネル家のことを言っている気がする……。

「ぬ、ぐ……名残惜《なごりお》しいが仕方ない……。ヨシノ、後で必ず電話するからな？」

「かけてもいいけど一日一回、長電話禁止。着信記録で通話時間をチェックする。あと午後七時以降はかけちゃダメ。それ以降は親子の時間。ヨシノに悪影響《あくえいきよう》を及《およ》ぼすならすぐに着拒《ちやつきよ》させるからそのつもりで」

「厳しいな!?」

桜のあまりに細かい指定に魔王陛下が思わず叫《さけ》ぶ。いや、僕も妥当《だとう》なところじゃないかと思う。そうしないとこの人一日中電話してくるだろ。朝昼関係なく。さすがに迷惑だ。

あと【テレポート】があるからって、ヨシノ一人ではゼノアスに行かせるつもりはない。きちんと事前に報告させてから、琥珀らの誰《だれ》かを護衛に付けるつもりだ。

「おら、親父、行くぞ！　ファレス、後は頼《たの》んだ」

「わかったよ、兄さん」

「うぐぐ！　もう少しだけ！　もう少しだけなんとかならんか⁉」

「いいから、来いっての！」

ファロンにマントを捕《つか》まれ、引き摺《ず》られるようにして、魔王陛下が部屋から退場していく。

相変わらず騒《さわ》がしい方だよ。なんかすっごい疲《つか》れた……。

「すみません、騒がしい父上で……」

「ああ、いえ。ご苦労様です……」

「ホント、疲れます……」

僕《ぼく》の心情を読んだのか、ファレスが頭を下げてくる。

桜との件で王位継承権《けいしょうけん》を剥奪《はくだつ》されたとはいえ、第二王子でもある彼は、今もゼノアスの政務に携《たずさ》わっている。やがて長兄《ちょうけい》ファロンが王位に就《つ》いた時は、その右腕《みぎうで》として活躍《かつやく》することだろう。

あの脳筋王子の下では苦労人ポジションが目に見えているが……。すでに疲れている感じだしなぁ。なにか労《ねぎら》ってあげたいところだが……あ。

「あの、こんな時になんですけど、以前約束していたうちの書庫に今から来ませんか？

いくらか気晴らしになると思うんですけど」

バビロンの『図書館』ではなく、ブリュンヒルド城の書庫には珍しい書物などがいっぱい納められている。以前お見合いパーティーの時に、ファレスが興味を持っていたのを思い出したのだ。

「え……！　いいんですか!?　お邪魔《じゃま》では？」

「いえいえ。気に入った物があれば貸し出しますので。ヨシノに案内させましょう。いいかな？　ヨシノ」

「うん！　ファレス伯父さんをうちに案内するよ！」

「はは、『伯父さん』か。なんかすごい歳をとってしまったような気がするよ」

苦笑いしながらヨシノに答えるファレス。やっぱりみんなそんな気持ちになるらしい。

とりあえずヨシノの方はこれでよしと。あとはフレイの祖父がいるレスティア騎士王国と、アーシアの方のレグルス帝国《ていこく》か。この二国はこっちほど面倒なことにならないと思うけど。はてさて。

◇　◇　◇

「うむっ！　これは美味《うま》い！　ルーシアの料理と同じくらい美味いぞ！」

「まあ、お祖父様《じいさま》ったら！　当然ですわ！」

「……お父様、舌が鈍《にぶ》ったのでは？」

　デレながら孫娘《アーシア》の手料理に舌鼓《したつづみ》を打つレグルスの皇帝《こうてい》陛下に、辛辣《しんらつ》な言葉を投げる娘《ルーシア》。

　母として料理人として譲れない線があるのだろう。

「うわぁ、聖剣《せいけん》レスティアなんだよ！　触《さわ》ってもいい、お祖父様!?」

「おお、良いぞ。気をつけてな」

「次、ワシ！　フレイ、ワシにも持たせてくれ！」

　レスティアの先王陛下に聖剣を持たせてもらうフレイに、横でそれを羨《うらや》ましそうに見ているフェルゼン魔法王。

　なんでフェルゼンの国王陛下がここにいるかといえば、彼の王妃となったエリシアさんが、レグルス皇帝の次女だからだ。つまりフェルゼン王とエリシアさん、この二人はアーシアにとって、伯父伯母《おじおば》に当たる。僕にとっても義兄、義姉《あね》になるわけだけど。

　しかし姪《めい》のアーシアより、その姉のフレイの方が馬が合ってしまっているが。どっちも

武器マニアだからな……。というか、聖剣持ってくるなよ、先王陛下。それラインハルト義兄さんのだろ？

その様子を呆れたように眺めるのは少女の母ヒルダと王の妻エリシア。

「なんというか……もう慣れました」

「私《わたくし》も」

それは二人の趣味《しゅみ》についてだろうか。それともこういった状況《じょうきょう》についてだろうか。

とりあえず今回は、レグルス皇帝陛下、皇太子であるルクス義兄《にい》さん、第二皇女であったエリシアさん、その旦那《だんな》であるフェルゼン国王、レスティア先王夫妻、現レスティア騎《き》士《し》王《おう》であるラインハルト義兄《にい》さん、先々王であるギャレン爺《じい》さんと、フレイとアーシアの血族にブリュンヒルド《う　ち》に集まってもらった。

実際にはルーにはもう一人、エリシアさんの上にフェリシアさんという姉が一人いて、こちらは自国レグルスの公爵家《こうしやく》に嫁いでいる。降嫁《こうか》しているから世界会議に関わることはないので、今回は呼んではいない。僕も結婚式《けっこんしき》で一回会っただけだしな。突然《とつぜん》大きな姪に会わされてもパニックになるだけだろ。アーシア自身も未来であまり会ったことはないらしいし。

「ホッホッホ。まさかこんなに早くひ孫に会えるとはのう。寿命《じゅみょう》がまた延びたわい」

フレイをスマホのカメラで撮影するギャレン爺さん。うん、この人未来でもお元気らしい。ずいぶんとご機嫌《きげん》だが、あと十年以上も生きられると知ったからかもしれない。エロパワーは長寿《ちょうじゅ》の秘訣《ひけつ》なのかね？

ルーとアーシアお手製の食事を立食形式で食べながら、みんな思い思いに未来から来た二人の小さな来訪者を愛《め》でていた。すんなり受け入れられてよかったよ。

「未来から姪がやってくるとは……。なんというか、僕らの常識というものはなんだったのか、わからなくなったよ」

「いや、まあ、その、スミマセン……」

大きなため息をつくラインハルト義兄《にい》さんに一応謝《あやま》っておく。全員すんなりというわけにもいかなかったようだよ。

「まあ、今さらだけどね。それよりも例の件だけど、レスティアでも起きてたよ。南端《なんたん》にあるエヴラという漁村で」

ラインハルト義兄《にい》さんの言う例の件とは、僕らが目撃《もくげき》したあの半魚人のことである。アレが『邪神《じゃしん》の使徒』とやらの仕業《しわざ》であるなら、同じようなことが他でも起きてやしないかと思ったのだ。世界中の王様たちに連絡《れんらく》を取ると、やはりいくつか似たような事例が起こっていた。レスティアでも起きていたか。

「エヴラは小さな漁村なんだけど、そこに突然三体の半魚人が現れ、村人が襲《おそ》われた。その時点での死者はいなかったが、何人か『感染《かんせん》』したようだ。呪《のろ》いにより、同じような半魚人に変態したあと、共に海へと帰っていったそうだよ」

半魚人に噛《か》まれた者は半魚人になる。どこぞのゾンビ映画のような感じであるが、恐《おそ》ろしい話だ。怪物《かいぶつ》と化した村人は海へと連れて行かれる。

使徒《やつら》の目的はなんだ？　やつらが奪《うば》い去ったクロム・ランシェスの『方舟《アーク》』は、潜水艦《せんすいかん》だ。海のどこかを拠点《きょてん》としているのかもしれないが、人々を半魚人にする必要は？

邪神は人の負の感情を糧《かて》とする。恐怖《きょうふ》や絶望といったものがその最たるものの一つだが、半魚人にされた人たちは間違《まちが》いなくそれを味わわされただろう。世界中に呪いを振《ふ》り撒き、人々を恐怖と混乱に陥《おとしい》れ、さらに負の感情を集めようとしているのか？

とにかく漁村、漁港、湾岸《わんがん》都市には注意を呼びかける必要があるな。くそっ、邪神の時は黄金骸骨《がいこつ》で、今度は半魚人とはね。

幸いブリュンヒルドに海はないが、ダンジョン島の方にはある。というか島だから囲まれてる。こっちの方は島を守る召喚獣《クラーケン》たちに気をつけるように命じているから大丈夫《だいじょうぶ》だけど。

考え込んでいた僕の耳に子供たちの笑い声が飛来する。

「お祖父様、こちらの料理も健康にいいですわ」

「おお、それはいいな！　うむ、美味い……！」

「それでそれで!?　御先祖様《ごせんぞ》はどうしたの？」

「うむ。聖剣レスティアを携えた御先祖様は竜《りゅう》のねぐらに近づくと……」

すっかりデレデレになったレグルス皇帝陛下とレスティア先王陛下の姿に苦笑《くしょう》する。孫は可愛いというがどうやら本当らしい。……そういえば僕もじいちゃんには可愛がってもらったな。

僕もアーシアやフレイの孫にこんな風にデレデレとするのだろうか。楽しみなような、怖《こわ》いような……。

「というか、嫁に出す予定はないから考える必要はないな」

「うわっ、もう親馬鹿になってる」

隣のラインハルト義兄《にい》さんが若干引いた声を漏らした。うるさいな。娘を持ったらこうなりますって。

「そういえばラインハルトさんのところはお子さんはまだ？」

「うん、まあ……まだだね」

レスティア騎士王国の国王であるラインハルト義兄さんには婚約者《こんやくしゃ》がいた。国王として名を挙げるまで結婚《けっこん》は、という約束だったらしいのだが、邪神討伐《じゃしんとうばつ》前に彼がレスティアで暴れていた竜を倒《たお》し、ドラゴンスレイヤーとなったため、晴れて結婚したのである。

僕も結婚式で一度だけ会ったことがあるその奥《おく》さん、ソフィアさんは今日はこの場にはいない。なんでもここ数日体調がよろしくないようで。線の細い人だったからな。

「子供はいいですよー。特に娘《むすめ》はかわいい」

「いや、公王陛下も実際はまだじゃないか……」

「そうですね。子供を見ていると、こう……頑張ろうって気になってきます」

「ですよね！　って、ん？　うわっ、皇太子殿下《でんか》⁉　いたんですか⁉」

突然の声に僕は驚き振り向く。そこにはシャンパングラスを持ったレグルスの皇太子、ルクス義兄《にい》さんが相変わらず特徴《とくちょう》のない顔で困ったような表情を浮かべていた。

「初めからいましたけど……」

苦笑いを浮かべるルクス義兄《にい》さん。全然気付かんかった……。ラインハルト義兄さんも気が付かなかったとみえる。この人影《ひとかげ》が薄《うす》すぎだろ。次期皇帝よりも隠密《おんみつ》とか潜入《せんにゅう》者が天職だと思う。

なんとなく気まずくなったので、ごまかすようにルクス義兄《にい》さんに言葉をかける。

「あーっと、皇太子殿下のところは娘さんが一人生まれたんでしたっけ？」

「ええ。側室の子ですけど。公王陛下に貰《もら》った薬でやっと授《さず》かりました」

ああ、あのベルファスト国王やオルトリンデ公爵に渡《わた》した精力剤《せいりょくざい》か。レグルス皇帝陛下にも息子のためにと頼まれて都合したんだった。

しかし、これで三人目か。あの薬、本当に効くな……。やっぱり売り出そうかな……。

「娘の笑顔を見ていると、幸せな気持ちになれます。この笑顔を守るため、頑張らないといけないと……」

「あー、わかります。わかります。僕もそんな気持ちになりますよ」

「ちぇっ、二人してズルいなあ」

僕とルクス義兄さんが話を弾《はず》ませていると、ラインハルト義兄さんが拗《す》ねた。ありゃ。やりすぎたか。

ふと、拗ねていたラインハルト義兄さんが懐からスマホを取り出して画面を開いた。メールかな？

「妻からです。…………えっ⁉」

突然上がったその声に、部屋中のみんなの視線がラインハルト義兄さんに集まる。なんだなんだ、どした？

「どうした、ラインハルト？」

「ち、父上……。ソフィアが懐妊《かいにん》したと……」

「な、なに⁉　本当か⁉」

「まあ！　まあああまあ！」

「おおっ！　でかしたぞ、ラインハルト！」

「兄上、おめでとうございます！」

わっ！　と沸《わ》くレスティア陣《じん》。ソフィアさんに子供ができたのか。こりゃめでたい。これでラインハルト義兄さんも同じく父親だ。

レスティア先王陛下がシャンパンのグラスを高々と掲《かか》げる。

「うむ！　めでたい！　二人目の孫だ！」

「違《ちが》うよお祖父様、一人目の孫なんだよ。私より、ビーチェお姉様の方が先に生まれたんだから……あっ⁉　あやや……⁉」

「「「「ビーチェ？」」」」

しまったと、慌てて口を押《お》さえるフレイと、残念ながら聞き逃《のが》すことのなかったレスティア陣の皆様《みなさま》の視線がぶつかる。

「あのー、そのー……。お、お父様ぁー！」

困ったフレイが僕に助け船を求める。まったく……うっかり者は誰に似たのやら。

「時江おばあちゃんが来ないってことは言っても大丈夫なんだろ。で？　ビーチェって？」

「ラインハルト伯父様《おじさま》とソフィア伯母様《おばさま》の娘……。ベアトリーチェお姉様。私の従姉妹《いとこ》なんだよ」

そうか、フレイにしたらラインハルト義兄さんの子供は従姉妹《いとこ》になるのか。……というか娘ってバラしちゃったな。

「ベアトリーチェ……。ベアトリーチェか……。うん、悪くない。娘か。私の娘か！」

まあ、ラインハルト義兄さんも気に入ったみたいだし、問題ないか。よく考えたら、その名をつけたのは未来のラインハルト義兄さんなんだ。気に入らないはずがないよな。

「公王陛下！　申し訳ないですけど、一足お先に帰っても!?」

「ああ、はいはい。どぞ」

「ありがとう！」

レスティアの王宮へと繋《つな》いだ【ゲート】にラインハルトさんが全力疾走《しっそう》で飛び込んでいく。まあ、気持ちはわからないでもないが。

「あいつめ。父親になるというのに落ち着きが足らんなあ」

「あら、貴方《あなた》だってラインハルトを授かった時は飛び上がって喜んでいたじゃないですの。似た者親子ですわ」

「む、う……」

レスティア先王夫妻のやり取りにみんなが笑い、生まれてくる新たな生命を祝福した。

◇　◇　◇

「ふっ！」

『ギュアッ!?』

抜《ぬ》き放った晶刀《しょうけん》の一閃《いっせん》で、メタリックブルーの鱗《うろこ》を持つ半魚人が倒れる。間髪《かんはつ》を容《い》れず襲いかかってきた二体目の半魚人も八雲は横薙《よこな》ぎに斬《き》り捨てた。

ここは西方大陸、ガルディオ帝国のさらに西に位置するザガントの港町。地図で言えば崩壊《ほうかい》したアイゼンガルド側にある町である。

普段《ふだん》は静かなこの港町に、突然海から謎《なぞ》の半魚人たちが姿を現し、混乱する人々を襲い始めた。

手始めに、驚き倒れた老人を襲おうとしたその半魚人を、居合わせた八雲が抜き打ちで一刀両断に斬ったのである。

八雲は馬車を乗り継いで魔《ま》工国《こうこく》アイゼンガルド、その中央部へと向かっていた。魔工国……いや、アイゼンガルド地方と言った方がいいのか。すでにアイゼンガルドは国の形を成しておらず、それぞれ地方都市が独立して乱立していた。

『邪神の使徒』の手がかりがないかと、八雲はかつて邪神が降り立った地へと向かっていたのである。

八雲が以前立ち寄ったラーゼ武王国寄りにあるアイゼンガルドの町からは目的地が遠く、ガルディオ帝国側から船で渡った方が近いと考えた結果であった。

そしてその途中《とちゅう》、立ち寄ったこの港町で半魚人たちの襲撃《しゅうげき》に遭遇《そうぐう》したのである。

「む……？」

八雲は斬り捨てた半魚人の体から零《こぼ》れ落ちた、野球ボール大のディープブルーに怪《あや》しく光る正八面体を眺めた。

直感で八雲は『それ』が『悪いもの』だと感じた。

そう感じたなら彼女《かのじょ》の行動は速く、次の瞬間《しゅんかん》には愛刀でその正八面体を砕《くだ》いていた。そこに躊躇《ためら》いはない。

八雲は半神である。邪神の放つ不快な気を感じての行動だったが、その行動は正しかったと言わざるを得ない。

　さらに襲い来る半魚人を二体、計四体を斬り伏《ふ》せると、残りの半魚人たちは慌てるように海へと戻《もど》っていった。八雲も追いかけるようなことはせず、刀を鞘《さや》に納める。

　幸いにもこの八雲の働きにより、『呪い』による感染者《かんせんしゃ》は一人も出ていなかった。

「なにやらまた妙《みょう》なことが起きているようでござるな……」

　八雲は斬り捨てた半魚人どもを眺め、目を細めた。黄金の薬といい、この半魚人といい、『邪神の使徒』が暗躍《あんやく》している可能性は高い。いったい何の目的があって……と、八雲が沈思《ちんし》していると、目の前に倒れた老人がいるのを思い出し、慌てて手を差し伸《の》べた。

「大丈夫でござ……ですか？」

「お、おおう。すまんね。助かったよ」

　倒れた老人を八雲が手を引いて起こしていると、路地の向こうからガッチャガッチャと音を立てて、何人かの騎士がこちらへと向かってきた。手には剣《けん》を持っている。

　八雲が少し腰を沈《しず》めて刀の柄《つか》に手を触《ふ》れる。しかしそれを隣《となり》の老人が制した。

「ああ、心配いらん。こやつらはワシの護衛じゃよ。ちと買い物に行かせとったんじゃが、いやはや、一体は残しておくべきじゃったなぁ」

　一人ではなく一体、といった言い回しに八雲は少し疑問を覚えたが、問題はないと判断し、警戒《けいかい》を緩《ゆる》めた。

老人が八雲に握手《あくしゅ》しようと手を伸ばす。

「ワシはロジャー・ウィルクス。世間じゃ『教授《プロフェッサー》』と呼ばれとる」

「えっ⁉」

八雲が驚くのも無理はない。『教授《プロフェッサー》』はゴレム技師のトップクラス、五大マイスターの一人である。

八雲はゴレム技術には疎《うと》いが、その名は嫌《いや》になるほど妹から聞かされていた。ここにその妹《クーン》がいたなら狂喜乱舞《きょうきらんぶ》したに違いない。

「ということは、こちらの騎士は……」

「ああ、『軍機兵《ソルダート》』じゃよ。人間ではない」

どうりで先程から一言も喋《しゃべ》らないはずだ。いや、ゴレムの中には喋るものも多いのだが。

八雲は実家にいた狼《おおかみ》や白いゴレムを思い出していた。

「なぜ五大マイスターがこのようなところに？」

「なに、興味からさ。魔工王がとてつもなく馬鹿でかいゴレムを甦《よみがえ》らせたというじゃないか。気になってのう。すでに壊《こわ》されているという話じゃが、パーツの一つも見られれば、となしアイゼンガルドの魔工王が復活させた太古のゴレム、ヘカトンケイル。本体は八雲の父である冬夜に破壊《はかい》されてしまったが、その残骸《ざんがい》は廃都《はいと》アイゼンブルクに残されたままであった。

しかし、確かアイゼンブルクは邪神の一撃《いちげき》をくらい、更地《さらち》になってしまったはずだ。パーツなど消し飛んでしまったと思われる。

「なんと……。無駄骨《むだぼね》じゃったか。惜《お》しいことをしたのう」

「ですが、ひょっとしたらめぼしいパーツはエルカ技師が回収したかもしれません」

「うん？『再生女王《レストアクイーン》』の嬢《じょう》ちゃんかね？お前さんあやつの知り合いかい？」

「ええ、まあ……」

過去《こっち》のエルカ技師にはまだ会ってはいないが、未来《あっち》のエルカ技師なら生まれた時から知っている。

小さな八雲用に子供相手の戦闘《せんとう》ゴレムを作ってくれたりもした。まあ、それも三日で壊してしまったけれども。

「うぬぬ、嬢ちゃんめ、黙《だま》っておったな……。今度会ったら文句の一つも言わんといかんの。……まあよいわ。どのみちアイゼンガルドがどうなったか、一度見ておきたかったからの」

「あの、今のアイゼンガルドは危険ですよ？　国が無くなり、野盗《やとう》、魔獣の類《たぐい》が増えていると聞きます。御老人《ごろうじん》一人で旅をするにはちょっと……」

そう言う八雲も何度も襲われている。むろん、全て斬り伏せてきたし、野盗どもは【ゲート】で騎士団詰所《きしだんつめしょ》へ突き出してきたが。

「なに、ワシにはこやつらがいる。大丈夫じゃよ」

教授がポン、と傍《かたわ》らの鎧《よろい》を叩《たた》くが、八雲は不安が拭《ぬぐ》えなかった。なにせ、今まさに半魚人に襲われるところだったのだから。

仮にも妹の尊敬する人物を危険な目に遭《あ》わせる気にもなれず、八雲はアイゼンガルドまでの護衛を申し出た。どっちにしろ行く方向は同じであるし、『御老人には親切に』が望月家の家訓のひとつであったからだ。

「そうかい。そいつは助かるのう。ええと……」

「八雲。もち……八雲です」

八雲は家名を名乗ろうとして、思《おも》い留《とど》まる。世界で五本の指に入るゴレム技師だ。スマホとはいかぬまでもなにか通信機器を持っていてもおかしくはない。迂闊《うかつ》に名乗り、実家に連絡などされたらすぐに父親が飛んで迎《むか》えに来るだろう。

父はいい。勝手に動き回っていたことを怒《おこ》られるだろうが、説教程度で終わると思う。

しかし母は違う。母は説教などしない。有無《うむ》を言わせず折檻《せっかん》されるだろう。具体的には尻《しり》を叩かれる。子供の頃《ころ》からそうだった。さすがにこの歳《とし》でそれは勘弁《かんべん》してほしい。

八雲が実家ブリュンヒルドに帰らないのは、当初は剣の修行《しゅぎょう》のため、という理由であった。しかし今は、『邪神の使徒』に関する手掛《てが》かりを一つでも見つけねば帰るに帰れないと思っている。母である八重《やえ》の雷《かみなり》を少しでも軽減しておきたいという一心であった。

教授《プロフェッサー》が懐から地図を取り出し、広げて経路を確認《かくにん》する。

「ここからアイゼンガルドに入るなら次の町でまだ船が出ているはずじゃ」

「ではそれで」

こうして少女と老人、ゴレム五体の奇妙《きみょう》な旅が始まったのであった。

あとがき。

『異世界はスマートフォンとともに。』第二十四巻をお届けしました。お楽しみいただけましたでしょうか。

昨今このような状況の中で、ひとときの娯楽になれたなら幸いです。

今巻では（まだ合流はしていませんが）とうとう冬夜君の息子である久遠《くおん》が登場します。ベタというか王道ではありますが、ユミナとの息子ということになりました。

久遠に関しては名前でいろいろと悩みました。冬夜君のお父さんが冬一郎、その息子が冬夜、ときたら、冬がつく名前じゃないとダメなんじゃないかと。

冬麻《とうま》、冬真《とうま》、冬理《とうり》、冬威《とうい》、果ては冬吉郎《とうきちろう》なんて名前も。

あるいは『冬』ではなく『夜』のほうを受け継いで、静夜《しずや》、白夜《びゃくや》、深夜《しんや》、夜空《よぞら》など、いろいろ考えましたがどうもしっくりこなくて。

結局、爺さんの名前をつけたならどんな名前でもＯＫなんでは？　と開き直り、久遠という名前になりました。

響きが良くて気に入っています。

今巻では桜の娘であるヨシノも登場しますが、こちらは悩まなかったですね。桜だからソメイヨシノと直球で。

残るはスゥの娘ですが、残念ながら登場は遅くなります。前巻でも話しましたが、登場ペースを間違えてるんですよね……。序盤に出しすぎた。

賑やかでいいですけども。


さて謝辞を！

イラスト担当の兎塚エイジ先生、いつもありがとうございます。お坊ちゃんの久遠がかわいいです。

メカデザイン担当の小笠原智史先生、お忙しい中、ロスヴァイセの背面デザインまでありがとうございます。

担当Ｋ様、編集部の皆様、本書の出版に関わった皆様方、いつもありがとうございます。

そして読んで下さった全ての方々に感謝の念を。

冬原パトラ

異世界はスマートフォンとともに。
メカ設定資料集
■ロスヴァイセ

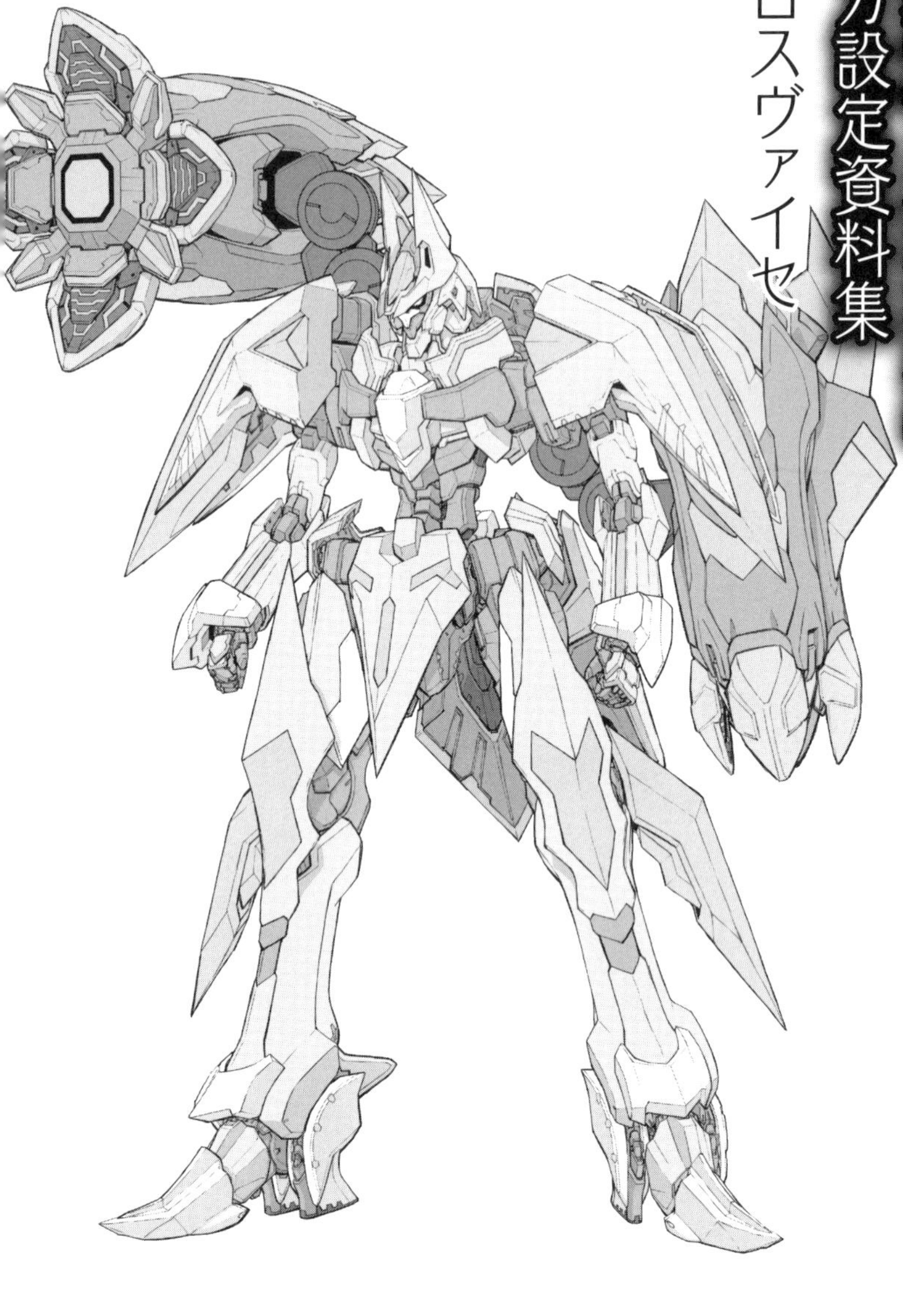

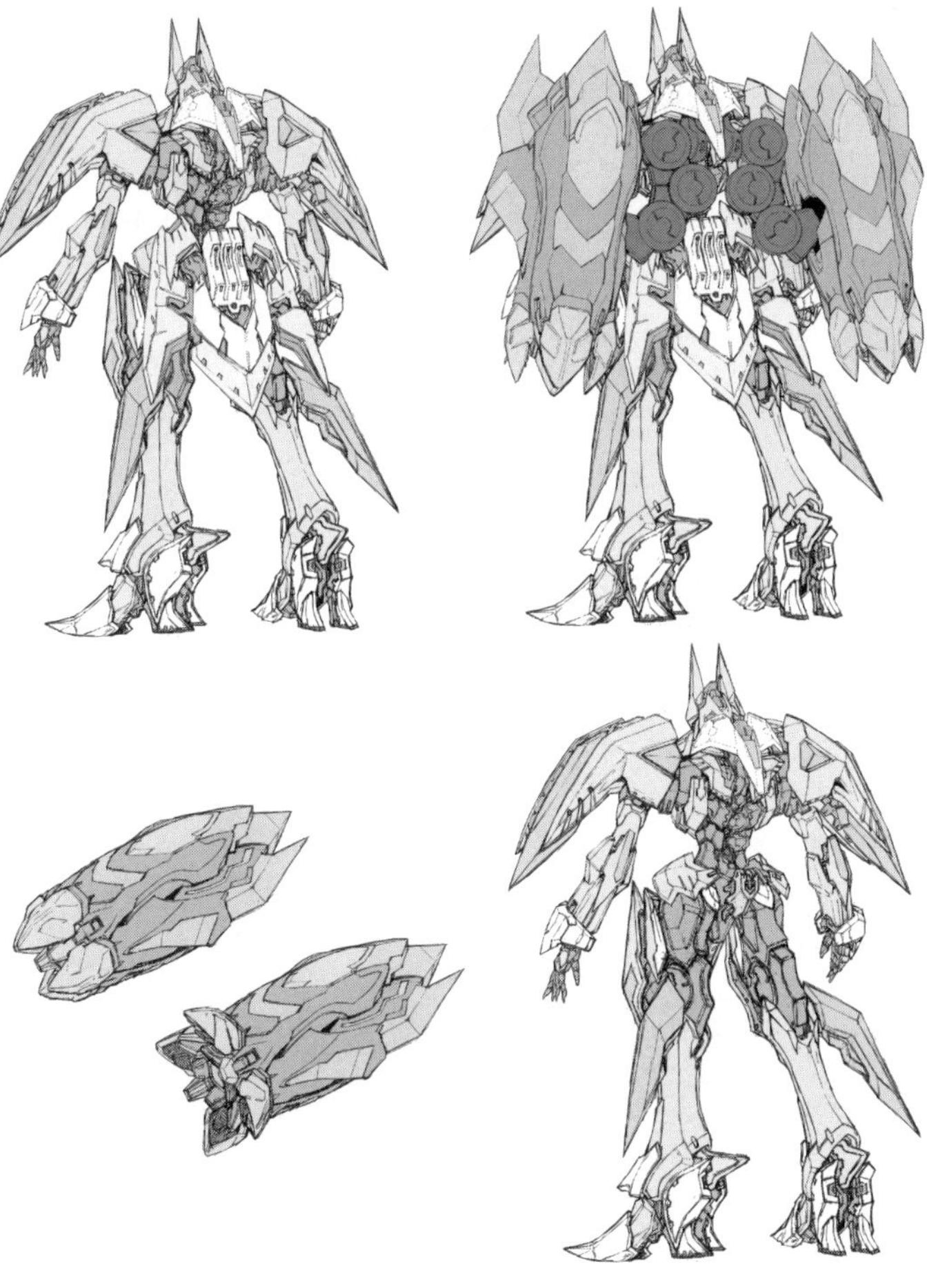

開発者：**レジーナ・バビロン**
整備責任者：**ハイロゼッタ**
所属：**ブリュンヒルド公国公王直属**
全高：**16.8m**　重量：**9.8t**　乗員人数：**1人**
武装：**腕部バルカン砲×2、シンフォニックホーン×2**

ボーンフレーム開発者：**レジーナ・バビロン**
管理責任者：**フレドモニカ**
搭乗者：**桜**
メインカラー：**桜色**

『蔵』で発見された新型フレームギアの基本設計を元に生み出された桜専用機。ヴァルキュリアシリーズのひとつ。集団戦支援型フレームギア。

桜の使う歌唱魔法を背中のシンフォニックホーンにより増幅し、広範囲に伝える完全支援型の機体。味方フレームギアの攻撃力、機動力、防御力などを大幅に上昇させる。またソリタリーウェーブにより、固有振動数を同調させればその物質のみを破壊することもできる。

魔導列車が完成し、開通式が開かれることに。
式典も滞りなく進む中、
フォンとともに。25
2021年秋頃発売予定！

子供たちのうちの一人が
ブリュンヒルドの城下町に現れたという情報を聞きつけ——。
異世界はスマート
冬原パトラ
illustration■兎塚エイジ

コミカライズも連載中の
スナイパー英雄譚！
著／かたなかじ
イラスト／赤井てら
漫画：瀬菜モナコ
原作：かたなかじ
キャラクター原案：赤井てら
発売予定!!

魔眼と弾丸を使って
異世界をぶち抜く!
第11巻 2021年夏

HJ NOVELS
HJN07-24

異世界はスマートフォンとともに。24

2021年6月19日　初版発行

著者——冬原パトラ

発行者—松下大介

発行所—株式会社ホビージャパン

〒151-0053
東京都渋谷区代々木2-15-8
電話　03(5304)7604（編集）
　　　03(5304)9112（営業）

印刷所——大日本印刷株式会社

装丁——木村デザイン・ラボ／株式会社エストール

Printed in Japan

ISBN978-4-7986-2513-3　C0076

ファンレター、作品のご感想お待ちしております

〒151－0053　東京都渋谷区代々木2－15－8
(株)ホビージャパン HJノベルス編集部 気付
冬原パトラ 先生／兎塚エイジ 先生／小笠原智史 先生